ALS JE DE STILTE ZIET

Van dezelfde auteur zijn onder meer verschenen:

De zomerval
My generation
Onze dagen | Het ongeluk
Zo gaan die dingen
Eindelijk de zee
Echt iets voor jou
Verdwenen tijd
Herfst in het oosten
Perfecte stilte
Kleur van geluk
Wat is precies de bedoeling?
Het eerste licht boven de stad
Als de winter voorbij is
Waaitaal
Hoe alles moest beginnen
Olifant van zeep

Thomas Verbogt

Als je de stilte ziet

Nieuw Amsterdam

Omslagontwerp Nico Richter
Foto omslag © David Keochkerian / Trevillion Images
Foto auteur © Quintalle Nix
NUR 301
ISBN 978 90 468 2662 1
www.nieuwamsterdam.nl

FSC www.fsc.org
MIX
Papier van verantwoorde herkomst
FSC® C004472

My childhood is so far away... it's like I don't even remember being a child. I think it was someone else who was a child. Did you even think like that? I'm not sure that what happened to me yesterday was true.
But you seem sure of yourself.
I'm sure of my dream self. I live in my dreams. I don't really live in the actual world.

– Bob Dylan, interview in *Rolling Stone*, Jonathan Cott, januari 1978

Is it the sea you hear in me,
Its dissatisfactions?
Or the voice of nothing, that was your madness?

– Sylvia Plath, 'Elm'

DE HONDERDEN KLEUREN GROEN, DE ZWERMEN VOGELS

Poppie

Ingehouden, besmuikt hoesten hoor ik haar. En lachen tegelijk, heel kort. De lach van Marleen, even maar, verontrustend in de stilte van het huis, de lach waarmee ik niets te maken mag hebben, maar die ik toch horen moet. Er gaat me iets niet aan, dát moet ik begrijpen, maar ik weet niet hoe. Dat is mijn verontrusting. Haar lach moet me raken, ik weet het zeker, zij ook.

Ik heb haar niet horen thuiskomen, ik zat in de tuin met de *Muziek Expres*, dacht na over een foto van Bob Dylan achter een piano, in strakke donkere kleding met een zonnebril op, geconcentreerd, alsof hij niet bij onze wereld hoorde en, voor zover ik me een voorstelling kon maken van onze wereld, ook niet bij een andere, alleen maar bij zichzelf, wat ik ook wilde, alleen maar bij mezelf horen.

Ik wacht, misschien hoor ik haar nog een keer lachen,

maar het blijft stil. Het is het soort stilte waarvan ik nerveus kan worden. Vader geeft college, moeder is naar een vriendin met wie ze om de twee weken over een nieuw boek praat, gesprekken waar ze het thuis niet over heeft.

Meestal roept Marleen schel en dwingend: 'Ik ben er!' Mijn vader liep laatst de gang op en zei: 'Wij ook, poppie.' Ze kan er niet tegen als hij haar poppie noemt. Daarom zeg ik het ook soms: 'Wil je je alsjeblieft niet met me bemoeien, poppie! Alsjeblieft niet, poppie!' Ze kan potsierlijk tieren met haar ogen.

Ze heeft niets geroepen, ze zal me gezien hebben, in de tuin.

Ze is nu al een paar maanden het huis uit, aan het begin van de zomer is ze vertrokken, naar Arnhem, waar ze aan de kunstacademie gaat studeren. Ze heeft een kamer gevonden in de buurt van het station, aan de Sonsbeekzijde. De kamer is niet groot, maar kijkt uit over het glooiende park, een van de fraaiste stadsparken van Nederland, met een groot en statig wit huis in de verte. Het uitzicht maakt haar kamer ruim. Die kamer is het grootste gedeelte van een lage zolder in een herenhuis, eigendom van de oude mevrouw Muskens, die om de maand in het zuiden van Engeland woont, bij Lyme Regis (foto in de hal: uitzicht op zee in ochtendmist), en graag wil dat het huis er dan levendig uitziet, alsof het bewoond is. Marleen mag in die periodes ook zitten in de koel geurende woonkamer van mevrouw Muskens vol herinneringen aan Nederlands-Indië waar ze op de eerste dag van de twintigste eeuw werd geboren, in een klein ziekenhuis ergens in een groen paradijs op West-Sumatra.

Toen Marleen 'op zicht' was, kreeg ze de kamer omdat ze belangstellend kon luisteren, althans volgens de oude dame die verhalen vertelde, articulerend als een actrice uit kalmere dagen, met licht hese stem en opgetogen ogen (Marleen formuleerde deze details bijna trots). Belangstellend luisteren? Ja, naar wat ze zelf te vertellen heeft.

Ik heb haar geholpen bij de verhuizing, samen met mijn vader, die nergens handig in is en grappig doelloos op de stoep bleef staan, bij het gehuurde donkerblauwe bestelbusje, en over haast ieder ding wilde praten – 'Weet je wanneer je die lamp kreeg?' of: 'Dit vaasje is nog van tante Freddie. Ze miste de duim van haar rechterhand. Je zei dat het net een vork was, die hand.' In het begin vroeg hij er nog telkens bij 'Weet je nog?' maar toen hij zag dat die vraag woede bij Marleen losmaakte, die haar lippen dun en strak maakte, hield hij het bij alleen maar het korte commentaar. Voor hem had alles een plaats in de tijd van ons leven en verdiende aandacht, niets was er zomaar. Zijn vraag *Weet je nog?* bleef daarna in mijn gedachten hangen. Die vroeg naar iets wat misschien wel was opgehouden, terwijl dat niet de bedoeling was, een vraag die iets probeerde vast te houden wat nauwelijks vast te houden viel. Er zat dunne droefheid in.

Het was een warme ochtend in juni, twee weken na de uitslag van haar eindexamen, en het was de eerste keer dat ik me vaag verbonden met haar voelde, ook al had ik alleen maar een praktische functie. Daarvoor was ze alleen mijn oudere zus, die mij haar kleine volstrekt belachelijke broertje vond, en een leven leidde waarvan ik uiteráárd geen idee had. Met vriendinnen en flitsende feesten en vaak 'jongens', met altijd pasgewassen roomwitte tennistruien om hun schouders. Ze praatte er veel over, maar het lukte me nooit lang naar haar te luisteren. Om de haverklap was het 'uit' met een van die jongens en dan zei mijn moeder vol onderdanig respect dat ik haar met rust moest laten, omdat ze zo van streek was. Ik liet haar altijd met rust, ze éíste dat ik haar met rust liet, ik kon me niet voorstellen dat ik haar niet met rust liet, ik wilde dat ook alleen maar.

Moeder zei soms dat we elkaar 'later wel zouden vinden', ik vroeg me af waar en wanneer dat dan zou kunnen zijn en wat we konden met onze vondst. Ik was enkel een aanwezigheid in haar leven, zij ook in het mijne. Dat ik graag wilde dat het anders was, was een gedachte die ik snel weg liet waaien. Dan moest ik iets betekenen voor haar, behalve er zijn, en ik wist niet hoe dat moest, iets betekenen, niet alleen voor haar.

Sander betekende wel altijd meer voor haar, hij was niet

– zoals ik – het kleine broertje dat nauwelijks iets te melden had. Ik geloof dat ze hem 'treurig' vond of 'zielig', omdat 'het leven hem al zo vroeg alleen had gelaten' – zo zei ze het later, een van de zeldzame keren dat wij over ons verleden thuis spraken. Ze noemde hem trouwens Alèx, als enige. Met heel idioot de klemtoon op de tweede lettergreep, alsof het een Franse naam was. Dat deed ze al op de eerste dag dat hij bij ons kwam wonen. Een belachelijke manier om zichzelf belangrijk voor hem te maken.

Waarom ik in de richting van haar hoesten wil lopen, geen idee, het gebeurt, alsof het automatisch gaat. Wel weet ik al wat ik weten moet, het is geen ontdekking, ik wil vermijden wat ik weet, maar dat kan niet. Dat ik het wil vermijden is een donker besef waarvan ik last heb, het moet me niets kunnen schelen.

We hebben eindexamen gedaan, Sander en ik, maar we zitten niet in dezelfde klas – ik geloof dat mijn vader daarop aangedrongen heeft. Over tien dagen krijgen we de uitslag. Daarover maken we ons geen zorgen.

Sander gaat in Groningen studeren, geschiedenis, en ik blijf in deze stad wonen. Het is goed en ook onvermijdelijk dat Sander en ik uit elkaar gaan. Zes jaar woonden we samen in huis, maar we konden elkaar nooit echt bereiken, behalve als we het over muziek hadden. Verder probeerden we onhandig zo veel mogelijk uit elkaars buurt te blijven, hoe we ook ons best deden het anders te laten zijn. Dat wisten we wél van elkaar: dat we graag wilden dat het anders was. Hij moet het in ieder geval van mij geweten hebben. Ik hóópte dat hij het ook wilde en die hoop was zo sterk dat ik van mezelf zeker moest weten dat het zo was.

We speelden een paar keer per week geconcentreerd en vaak makkelijk schaterend tafelvoetbal, we fietsten soms samen naar de tennisclub waar we elkaar zo snel mogelijk onze eigen gang lieten gaan, hij speelde competitie, ik was daarin niet geïnteresseerd, vooral niet in het gepraat erover.

Ik wilde zijn vriend zijn, dat was een taak, de vriendschap moest bij onze manier van leven horen, bij ons gezin. Ook zag ik in dat een vriend belangrijk was en Sander kwam zomaar in mijn leven, ik hoefde er niets voor te doen, we waren bijna altijd bij elkaar in de buurt.

Later dacht ik dat hij zo zijn best moest doen vrede te hebben met een leven waarin hij alleen was gelaten, zoals Marleen het noemde, dat hij daaraan zijn handen vol had, dat hij alleen maar kon nadenken over hoe dat moest, hoe het anders moest worden in de toekomst, en van die toekomst had hij ook geen idee. Dat hij geschiedenis ging studeren, hoorde ik pas toen hij zich daarvoor had ingeschreven. Ik had nooit iets gemerkt van belangstelling voor die studierichting, ik dacht altijd dat hij iets met film wilde, met acteren, maar ook daarover hadden we het niet. In het jaarlijkse schooltoneelstuk had hij de laatste drie jaar een dragende rol, dit schooljaar in *Our Town*, en ook was hij eens gevraagd als figurant in een film over Mariken van Nimwegen, een film voor televisie die nooit is uitgezonden, waarschijnlijk omdat die mislukt was. We hadden een brief ontvangen waarin stond dat er 'geen uitzendmogelijkheden' voor de film bleken te zijn, een brief die mijn vader lachend verscheurde. 'Als zoiets niet doorgaat, hoef ik dat niet per se te weten, hoor!'

Ik zat graag alleen op mijn kamer naar muziek te luisteren, hij ook, ja, daarover hadden we het wel, we hielden van dezelfde muziek, Dylan en Bach. Iedere week gaven we elkaar een top tien van Dylan-zinnen die ons fascineerden, die we wilden onthouden en in de meeste gevallen ook onthielden. Nog, ik ken ze nog. Het waren geen grote uitspraken, maar zinnen waarmee iets begón, *Tell me what you're gonna do when the shadow comes creepin' in your room* of *Take the rag away from your face, now ain't the time for your tears*, of de topregels:

Now I wish I could write you a melody so plain
That could hold you dear lady from going insane
That could ease you and cool you and cease the pain
Of your useless and pointless knowledge

Ook lieten we elkaar verhaaltjes of soms ook gedichten lezen die we schreven als we bijvoorbeeld naar de *Cello Suites* luisterden, verhaaltjes en gedichten 'over wat er dan in ons gebeurde', want alle muziek van Bach veroorzaakte dat, behalve die waarin op een orgel of trompet werd gespeeld, want dat vonden we weerzinwekkende instrumenten. Zo zeiden we het echt: wat er in ons gebeurde. Het waren meer gedichten dan verhaaltjes, van die gedichten die de meeste pubers schrijven. Ik heb ze helaas niet meer, maar herinner me bijvoorbeeld dat ik een meisje volgde terwijl ze naar school liep, ze zag mij niet, ik keek naar haar zonder dat ze het in de gaten had, vanachter een hek, vanuit een portiek, ze was in gedachten en over die gedachten fantaseerde ik. Of een meisje – altijd meisjes! – naar wie ik toe ging in een tuin nadat het geonweerd had, het meisje rook naar die tuin. Altijd zat er licht in, ik kon niets opschrijven zonder het licht te benoemen of te suggereren. Misschien kwam het ook door dat licht dat het geen zware verhaaltjes waren. Die schreef ik natuurlijk ook, want ik was puber, maar daar werd ik neerslachtig van, en ik gooide ze meteen weg. Van de verhaaltjes van Sander herinner ik me nog minder, nauwelijks iets, behalve dat ze over hemzelf gingen, er kwam niemand anders in voor, maar ze waren niet ijdel, wel raadselachtig. Ineens schiet me te binnen dat hij vaak over kijken schreef, dat hij vooral zijn ogen was. Die zin staat me bij: ik ben mijn ogen.

Ik bewonderde Sander wel, vooral de stilte waarin hij zich kon terugtrekken, ook als hij naast je liep of tegenover je zat. Als ik dan zijn aandacht trok, omdat dat moest op dat moment, was het alsof zijn stem uit die stilte kwam, fluisterend, van ver weg. Waar het ook over ging, alles werd geheimzinnig. Het was alsof hij tastend door het leven ging en, wat ik later dacht, alsof het leven zich tastend aan hem manifesteerde. Alsof het leven een nauwelijks te volgen geheimzinnige beweging was waarnaar hij telkens lang moest kijken om te begrijpen wat er gebeurde. En daar verder niets over kon zeggen.

Ik kende hem niet zoals je iemand wilt kennen die je dagelijks ziet. En ik wist niet hoe ik dat moest veranderen.

Ik ben halverwege de trap naar boven als ik Marleen weer hoor hoesten. Alsof er iets mis is met haar ademhaling.

Ik sta voor de deur van Sanders kamer. Ik hoest nu ook, hard en zo nonchalant mogelijk om te laten weten dat ik daar sta, om te laten weten dat ik weet dat ze daar is, dat ik die nooit interesse voor haar voel of toon die nu ineens wel heb, nogal heftige interesse. En dat ik bang ben, zonder dat ik weet waarvoor.

Dat is de ergste angst. Niet weten waarvoor. En dat ook niet willen weten. Er zijn periodes in mijn leven dat ik vooral zo intens met dat leven bezig ben om die angst niet te voelen, de onbestemdheid ervan. Dan doe ik mijn best meer dan die angst te zijn. Dat merk ik vooral, de toeschouwer die ik ben: wat doet hij toch zijn best! Ik schreef ooit eens op dat het de angst voor schaamte is. Ook, maar dat is het begin van wat die angst met je wil doen.

Ik open de deur. Ik weet al wat ik zie, Sander en Marleen in het smalle bed. Ze doen alsof ze slapen, het dekbed strak en kinderlijk opgetrokken tot hun kin. Ik zie alleen het lange rechterbeen van Marleen eruit steken, glad en nonchalant voornaam en met gestrekte tenen (donkerblauw gelakte nagels) die een bijna onbeheersbare spanning laten zien. Hun monden glimlachen, slikken in dat ze mij uitlachen, ze lijken bijna te stikken. Ik weet wat ik zie natuurlijk, maar ik weet het ook niet omdat ik erbuiten sta, omdat ik er niets mee te maken heb. Alleen al door dat vast te stellen dring ik me op, voor hen hinderlijk, voor mij beschamend.

Als ik er bijna vijftig jaar later aan terugdenk, kost het me geen moeite volop aanwezig te zijn in dat moment. Pas nu ken ik er de betekenis van, weet ik dat die hoorde bij alles wat me in staat kon stellen het leven te leven in plaats van er veel te vaak over te moeten nadenken. Ik bén zo'n moment, ik bén die daar staat en ziet wat hij niet wil zien zonder te weten waarom, ik bén de vraag waarom ik het niet wil zien, ik bén al dat soort niet te beantwoorden vragen. Ook hoorde het bij mijn onvermogen vriend van Sander te zijn, *zo iemand* te zijn.

Nu ik die betekenis weet, wat kan ik er nog mee, bijna vijftig jaar later? Ik sta er meestal niet bij stil dat ik ouder en ouder word, maar zo'n vraag hoort erbij. Hetzelfde geldt voor wat een boek of film toevoegt, hoe ik erdoor verander, wat ik er nog mee kan. Wie valt die verandering op, behalve mezelf? Het is natuurlijk niet hetzelfde, een boek of een film, maar als het goed is, verander je erdoor, kleine veranderingen of een grote, alles kan anders worden.

Onlangs sprak ik een kennis die lang naast me had gewoond. Aardige, wat stille man, wist alles van vogels en publiceerde er ook over. Hij was die week op een ochtend naar het ziekenhuis gegaan, alleen, zijn vrouw was een paar dagen met vakantie, en daar kreeg hij te horen dat hij ernstig ziek was, dat hij nog hooguit een jaar te leven had, 'en dan span ik me in optimistisch te zijn' – dat waren de woorden van de dokter 'met de grauwe hondenkop', wat helemaal geen woorden van hém waren. Hij was op de fiets gekomen en fietste ook weer terug en vlak voorbij Carré stopte hij, verlamd door verbijstering. Hij keek naar de Amstel, die uitbundig blonk in het ochtendzonlicht, maar het was alsof hij niet meer aanwezig was in wat hij zag, zo zei hij het. Alsof hij dadelijk ook niet meer verderging in wat hij zag, en met wat hij zag.

'Het was alsof mijn geheugen stopte. Het was er nog,

maar het zou niet meer vooruit functioneren. Ja, zo moet ik het zeggen: vooruit functioneren.'

Hij zat op de fiets en dacht aan zijn eerste fiets. Dat gaf het geheugen hem nog wel. Die stond in de keuken voor hem klaar op zijn achtste verjaardag. Alles blonk eraan. Hij had geschreeuwd en in zijn handen geklapt.

'Ik zag die jongen daar in de keuken, maar mocht nog maar even naar hem kijken.'

Ik heb er nooit met Sander en al helemaal niet met Marleen over gepraat. En zij hebben nooit gesuggereerd dat ze iets dachten over hoe ik daar stond die middag, hoe ik de deur achter me sloot, het geluid van mijn schaamte.

Lege straat

Maakt iedereen zich als kind een voorstelling van hoe de rest van het leven kan zijn? Is dat hoop of een voornemen of een verlangen? Dat vraag ik me nu pas af, nu alles lang geleden is. Ik zeg vaak dat niets lang geleden is, dat daarvoor het leven te kort is, maar er was ooit wel een andere tijd, toen alles nog een intensere beweging had en ik jong was en wist dat er nog heel veel moest komen en te gebeuren stond. Ik weet niet of ik toen meer vragen had dan nu. Het is niet erg dat ik dat niet weet. Ik houd me voor dat ik dat geloof. Het is niet zo dat wanneer ik naar mijn ouders keek, ik dacht dat ik het zo ook wilde, terwijl ik met grote genegenheid tegen hen opzag. Nu alles lang geleden is, denk ik dat het om momenten ging die van mij waren en dan bedoel ik dat ik zelf veroorzaakte wat die momenten wáren. Nu alles lang geleden is, probeer ik terug te keren naar dat moment, naar zó'n moment, moet ik zeggen, het zullen er meer geweest zijn. Nu alles lang geleden is, wil ik graag dat zo'n moment er weer even is, niet om daar weemoedig over te doen, liever niet; nee, om te begrijpen wat ik zo graag wil begrijpen. Uiteraard zou ik eerst moeten begrijpen waarom ik dat wil begrijpen, maar ik weet niet of ik daaraan toekom of wat er overgebleven is van het leven, van het volle, volle, leven, mij daarvoor de mogelijkheid geeft.

Soms zit ik uren voor het raam, kijk uit over het water, naar een verte die van mij is. Ik kijk naar wie daarvandaan komt en wat er dan gebeurt. Het is al gebeurd, maar het gebeurt weer.

In die verte zie ik bijvoorbeeld de straat van lang geleden, onze straat – dat zeggen we: onze straat. We woonden er pas, ik denk dat het begin jaren zestig was dat ik in de zomer iedere ochtend een vrouw door onze straat hoorde zingen, een lied dat ik niet kende, nog nooit gehoord had. Het leek me een fragment van een lied, het had geen begin, ook geen einde. Ik wist zeker dat de straat leeg moest zijn om het lied alle ruimte te geven. Het was een lied dat ik wilde volgen, letterlijk erachteraan lopen, langzaam, met lichte tred, want snel mocht niet van het lied, op zoek naar de mooiste gedachten die er maar te bedenken waren.

Ik lag in bed, durfde me niet te bewegen, bang dat er

door mijn beweging iets zou verdwijnen. Ik wist ook dat ik nooit, nóóit zou kunnen zeggen wat het lied was, de schoonheid ervan, het betoverende, het tere ritme, woorden met klankrijke kleuren – iets wat nooit te zeggen was, alleen een lied kon zijn, een melodie.

Eén keer stond ik op en liep naar het raam. Mijn kamer was aan de zijkant van het huis, de vrouw met haar lied was ons huis al gepasseerd, ze liep de straat uit op de tonen van haar lied, ja, het was bijna een dansende manier van lopen. Een lange vrouw was het, dun, haar blonde haar slordig opgestoken, ze hoorde bij het begin van een zomerdag, bij de zachte wind die er dan soms is.

Ik wist zeker dat ik niet naar buiten moest gaan op het tijdstip dat ik haar verwachtte, haar zien aankomen, naar haar kijken als ze me zingend voorbijliep, misschien deed ze dat dan niet, omdat ze zich betrapt voelde, kwam ze niet meer terug, nooit. Ik moest ervoor zorgen dat alleen dat lied gebeurde. Op de vroege ochtend. In de lege straat.

Tegen het einde van de zomer hoorde ik haar niet meer, was ze weg, ze kwam niet meer. Toch bleef ik het lied nog een tijdje horen, maar toen het herfst werd, was dat ook voorbij.

Later, veel later, hoorde ik een flard van het lied in een reclamespotje op televisie. Ik schrok van de manier waarop het in mijn leven terugkeerde, wist niet dat het een duet was voor twee zangeressen. Ik had het te druk om uit te zoeken hoe het lied heette en waar het vandaan kwam.

Weer veel later zongen twee vrouwen het tijdens een zomerconcert in de openlucht, in het park bij mij in de buurt. Ik ga niet zo vaak naar dat soort evenementen, maar het toeval had me er gebracht. Ik was alleen, wat ik graag was. Toen de twee vrouwen het lied zongen, voelde ik tranen, het was geen verdriet, ook maar ten dele ontroering, het was meer het besef dat er veel blijft in je leven en nooit voorbijgaat, ook al is het er een tijdje niet. Naast me zaten een man en een vrouw die bij elkaar hoorden, ze keken samen in een partiturenboek. Ik vroeg hun welk lied we zojuist hoorden. Ze waren vriendelijk verbaasd om die vraag en zeiden dat het uit een opera van Delibes kwam, *Lakmé*, dat het lied 'Duo des fleurs' heette. 'Kijk maar,' zei de vrouw en ze hield het boek naar me toe. Haar vinger wees een regel aan: *Sous le dôme épais, où le blanc jasmin.*

Het lied verdween vanaf dat moment niet meer. Ik hoor de straat uit die dagen, leeg, vroeg in de ochtend, ik die in mijn bed lig en zeker weet dat wanneer ik me beweeg, verstoor wat ik ontstellend mooi vind, en daarom belangrijk, omdat het iets met me te maken heeft wat ik nog moet ontdekken.

Dat dacht ik die avond ook, tijdens het zomerconcert: iets kan zo ontstellend mooi zijn dat alles door elkaar gaat lopen, alleen één plek blijft, één ding, één situatie of tafereel, één gebaar. En je gaat erin mee, ook dat is een manier van leven in je leven. Die moet je niet proberen te begrijpen. Dat kan bijna niet, dat kost veel te veel tijd ook, veel meer dan je hebt.

Zwarte slang

Bij het avondeten is Marleen er al niet meer. Moeder vraagt of ik haar nog gesproken heb, dat ze even thuis was om een fotoalbum op te halen.

'Welk fotoalbum?' vraag ik.

'Dat rode.'

'Dat rode?'

'Van onze vakantie in Frankrijk, drie jaar geleden. De laatste keer dat we met ons allen op vakantie gingen. Marleen wilde een foto van toen ze van dat korte haar had.'

O ja, toen. Ergens in de Provence. Sander en ik sliepen in een grote tent achter het huis, naast het smalle zwembad met het groene water waarin de dag van onze aankomst nerveus een slang had gezwommen, een zwarte.

Ik zeg dat ik Marleen niet gezien heb. Sander reageert niet, hij zit in gedachten verzonken te eten – daar voelde ik ook bewondering voor, dat je je nergens iets van aantrok terwijl je niets deed waarvan anderen last konden hebben.

'Er zat een slang in het water,' zeg ik, vooral tegen Sander. Ik moet die herinnering met hem delen, die herinnering de onze maken. 'Weet je nog? Een zwarte slang. Jij wist zeker dat die ongevaarlijk was. Hoe wist je dat eigenlijk?'

Het is alsof Sander uit zijn gedachten stapt, licht geïrriteerd omdat hij in zijn hoofd iets van plaats moet veranderen. Hij zegt: 'Gokje. Misschien omdat ik het hoopte. Net als bij mensen.'

'Wat net als bij mensen?' vraag ik.

'Nou, je hoopt toch ook altijd dat ze ongevaarlijk zijn. En als je het vurig hoopt, kan het meevallen.'

'Jongens!' Mijn moeder tikt ferm met haar vork tegen haar wijnglas. 'Laten we het fris houden.'

Met fris bedoelde ze gezellig, maar dat zei ze haast nooit. Wel fris.

Soms glimlacht Sander als hij haar 'fris' hoort zeggen. Verder zie ik hem niet vaak glimlachen. Zou hij dat van zichzelf weten?

Foto

Van ons eindexamenfeest bestaat een foto waarop we naast elkaar op twee kratten staan, armen over elkaars schouders, we lachen uitbundig, intens blij dat we zo kunnen lachen. De laatste foto van ons samen. Hij hangt boven mijn bureau, ik kijk er vaak naar, naar ons, voor de open tuindeuren, naar de tuin achter ons, vol dansende schimmen.

Martha was daar toen nog niet. Ze zou wel komen, maar was op dat moment op een ander feest, een zwierige ketting van feesten waren die dagen. Toch zag ik haar al, terwijl ik op een van die kratten stond, hoe ze dadelijk binnen zou komen, natuurlijk verlegen, zonder daar last van te hebben, waarschijnlijk in het witte pak dat ze die dagen vaak aanhad, met het bloedrode, te grote overhemd, de laarzen van slangenleer – niemand had die in onze piepkleine wereld daar. Een hand in haar zak, anderen groetend zonder ze aan te kijken. Haar lange donkerbruine haar dat altijd zorgvuldig in de war zat. Ze hoorde niet bij de jongens met de tennistruien om hun schouders, ze hoorde ook niet bij de toekomst die ons op onze strenge school voorgeschoteld was, niet bij de toekomst van de zogenaamd opvallende mensen, ze was al opvallend zonder dat er een toekomst aan te pas kwam, ik vond dat het anders in elkaar zat: door haar werd de toekomst anders. In ieder geval de mijne. Ik ging Nederlands studeren, wilde schrijver worden, ik wilde nog veel meer, maar bij alles stelde ik me haar voor. Ik wilde alleen maar bij mezelf horen, maar zij hoorde bij wie ik was, zij hoorde bij wie ik me voorstelde wie ik was. Dylan heeft niet veel liefdesliedjes geschreven, maar die paar gingen ook over haar.

Twee jaar daarvoor hadden we elkaar gekust, het was een kus geweest die misschien wel vijf minuten duurde, waarvan je buiten adem raakte zonder buiten adem te raken, zo'n kus die hoorde bij onze handen die over onze lichamen gingen alsof die handen in paniek waren, alsof onze lichamen uit elkaar vielen en onze handen die bij elkaar moesten houden – er was alleen die kus, wij waren die kus geworden.

Toen we elkaar loslieten, wilde ik alleen maar haar naam zeggen, alsof ik voor het eerst zo belangrijk iemands naam zei, een paar keer achterelkaar, maar ik voelde dat ik dat niet moest doen, het moest stil zijn, daar in die smalle straat in het oosten van de stad, daar in de warmte van een zomeravond in september. Ze stapte langzaam achteruit en keek me met schuin gebogen hoofd aan. Alsof dat alles was wat ze nu wilde, me zo aankijken. Ik kon haar naam niet eens zeggen, mijn stem plakte boven in mijn keel. Ik strekte mijn hand naar haar uit en zij de hare naar mij, zonder dat onze vingers elkaar raakten, achteraf gezien een misschien veel te theatraal gebaar, maar toen kon het niet anders. Ik wist: dadelijk draai je je om en loop je van me weg, om weer te verdwijnen in een leven waarvan ik geen weet heb. Ik dacht: misschien is wat er hier aan de hand is iets wat nog moet gebeuren, is het wel gebeurd maar moet het ons nog overkomen, en dat ik dan wel haar naam uitspreek en zij de mijne, duizend keer.

Ze draaide zich om en liep van me weg.

Ik kijk naar de foto, Sander en ik op de kratten, onze triomfantelijke lach, de tuin, Martha die er nog niet is, die misschien door de late, lauwe avond naar ons huis fietst.

Als ik mijn bureau in een nieuw huis zette of liet zetten, was dat een van de eerste dingen die ik deed, die foto ophangen. Een jaar of dertig geleden dacht ik nog: daar begint de toekomst te tintelen. Maar dat waren alleen maar woorden. Daar stonden de onvolledige jongens wankel geen raad te weten met elkaars armen, het feest om hen heen. Toch wilde ik het graag denken, van die tintelende toekomst, ik was iemand die van dat soort gedachten hield. Ik denk dat nu niet meer.

Toen ik die foto voor het eerst ophing, in een huis in een andere stad, herinnerde ik me een middag een paar dagen voor het eindexamenfeest, een vroege middag die zich leek te hebben teruggetrokken in een vage uithoek van mijn geheugen. Ik had de ochtend naar muziek zitten luisteren, Bach, de cello, en ik had over Martha geschreven en het spijt me zo dat die woorden er niet meer zijn, maar het ging natuurlijk weer over verlangen, het verlangen naar een eindeloze reeks dagen met Martha die het leven onophoudelijk onverwacht maakte, wat zij alleen maar kon, ik misschien op den duur, maar alleen maar met haar in de buurt. Het was meer dan een verlangen naar het onverwachte, het was hunkeren, maar dat woord gebruikte ik uiteraard niet. Het was wel mijn verhaal of gedicht – dat weet ik niet meer – en daarmee ging ik naar Sander, naar zijn kamer, ik klopte aan. Hij riep niet 'binnen', hij opende de deur, hij zag er verstoord, gejaagd uit.

'Wat wil je?' vroeg hij, wat ik op dat moment een verschrikkelijke vraag vond.

'Ik heb iets geschreven, over Mar...'

Hij onderbrak me zonder dat hij zich bewoog bij die deur, zonder dat de deur bewoog. 'Nu niet.' Dat zei hij: 'Nu niet.' En ook en nog erger: 'Misschien is dat wel voorbij.'

'Wat?' vroeg ik, terwijl ik natuurlijk heel goed wist wat hij bedoelde, wat niet wilde zeggen dat ik vond dat dat kon.

'We moeten dat niet meer doen,' zei hij, nu iets minder donker.

'Niet meer doen.'

'Ja. Soms is iets voorbij. Zeg, wil je me nu alleen laten, ik ben bezig.'

Bezig? Hoezo bezig? Terwijl hij de deur sloot, raar langzaam, drong het tot me door dat ik haast nooit naar zijn kamer was gegaan, dat hij bijna altijd naar mij kwam, bijna altijd. Ineens vond ik het belangrijk en pijnlijk dat vast te stellen. Ik voelde woede die ik kalmeerde, en terwijl ik dat deed of probeerde te doen, voelde ik ook daar woede over. De deur openschoppen, dát had ik moeten doen, en ik deed het niet. En ik weet niet waarom niet.

Zoals hij daar stond, in die deuropening, bij de half geopende deur, zag ik hem vaker staan, in de huiskamer. Soms wist ik niet eens dat hij was binnengekomen, keek ik op en stond hij daar, hij stond daar alsof hij er niet was. Ik schrok dan van hem, maar dat zei ik niet, ik vond het raar zoiets te zeggen, zelfs beschamend.

Oorlog

De namiddag is me dierbaar, het beste tijdstip van de dag, wat ook vaak door het licht komt, het licht dat de dag voorzichtig, aarzelend aan het loslaten is, de beweging van die dag wordt anders, je wordt er bedachtzamer van zonder in een ernstige stemming verzeild te raken, die bedachtzaamheid keert zich zelfs tegen zo'n stemming – in die bedachtzaamheid glanst immers dat licht, het wordt daarin weerspiegeld.

Als ik terugdenk aan hoe mijn leven tot nu toe was, vonden veel goede en indrukwekkende gebeurtenissen tijdens namiddagen plaats. Ook ontregelende. Als kind besefte ik dat niet, ik had mijn handen vol aan me los te maken van de uren op school en weer te denken aan wat ik daar allemaal gefantaseerd had, want in mijn fantasieën wilde ik zo ver mogelijk weg van de harde aandacht die in het leslokaal van me geëist werd. Vaak kon ik alleen maar kíjken naar de woorden waarmee iets werd uitgelegd, en vroeg ik me af wat er allemaal voor ongekends kon beginnen met die woorden. Jan moet in een andere stad zijn, twintig kilometer verderop, Klaas ook, maar vertrekt een half uur later dan Jan, dat soort sommen, en dan bedacht ik wat Jan in de andere stad ging doen en waarom Klaas daarbij wilde zijn en hoe het kwam dat hij later dan hij wilde vertrok, alsof dat misschien iets te maken had met het doel van Jan, in die andere stad dus. En daarna was ik in een andere stad, een die ik niet kende, waarom was ik daar, wie zocht ik? Door mijn fantasieën terug te halen, sloeg ik ze op in de wereld waarin ik alleen maar bij mezelf hoorde.

En er is natuurlijk die namiddag, aan het begin van het tweede jaar van het gymnasium, een namiddag in september. Het is nog steeds zomer, maar de zomer is zwaar en oud geworden, het zomerlicht ook, het is alsof de namiddag er traag mee gevuld wordt. Je vraagt je af wat je nog met de dag moet en hoelang die nog duurt en hoelang het duurt voordat het herfst is.

Ik ben net terug uit school en heb de eerste elpee van Bob Dylan opgezet, pas gekregen van de jongste broer van mijn moeder, haar enige, de wereldreiziger, de rusteloze met een harde schaterlach waarvan je ook gaat lachen. Misschien kwam het daardoor dat mijn ouders geen last leken te hebben van zijn deinende drankprobleem dat voor chaos zorgde en brieven vol verontschuldigingen, brieven die ik las als ze op tafel waren blijven liggen en waarin het over Macau of Manchester kon gaan of een vrouw uit Boston die net van een verslaving af was of 'handel' waarmee hij, de oom, was betrapt en dat hij daarom tijdelijk zijn paspoort kwijt was. Of mijn vader iets kon 'regelen', waarover mijn vader altijd serieus nadacht.

De huizen in onze straat staan los van elkaar, het onze staat iets naar voren, heeft de kleinste voortuin, het is alsof het zich uit het rijtje heeft willen bevrijden. Vanuit mijn kamer kijk ik uit op het huis van de familie Hempel, Sander en zijn ouders. Sander kom ik vaak op straat tegen, we zeggen hoi, maar spelen nooit met elkaar, wat ook door mij komt, want ik speel niet graag buiten, ben het liefst op mijn kamer om naar muziek te luisteren en te tekenen. Soms zijn er mensen op bezoek die ik hoor zeggen dat dat niet goed voor me is, 'zo'n jongen moet naar buiten', maar dan zegt mijn vader of moeder met aangename stelligheid: 'Hij moet al veel te veel en dit wil hij zelf. Wat kunnen we erop tegen hebben?'

'Zo'n jongen moet naar buiten!'

'Hij moet dat helemaal niet.'

Mijn ouders hebben geen contact met de familie Hempel en dat is niet omdat ze op zichzelf zijn, zoals dat heet, maar er is iets met die familie, ik weet niet wat. Mijn ouders hebben het wel met andere mensen over hen. Een pater die hoorde bij de kerk op de hoek is ook weleens over hen komen praten. Ik was daar niet bij, maar ik hoorde het toen mijn moeder de voordeur opendeed. Ik geloof dat ze hem daar wilde laten staan, maar mijn vader riep dat hij vooral binnen moest komen.

Mevrouw Hempel is een keer bij ons geweest, op een avond, ik lag al in bed, ik wist eerst niet dat zij het was, ik hoorde iemand hard en wanhopig ('hartverscheurend' zei mijn vader later) huilen. Ik ging mijn bed uit en luisterde op de trap, ik hoorde de vrouw zeggen – bijna schreeuwen – dat 'het onmogelijk is' met hem, dat 'het zo niet verder gaat'.

De volgende dag vroeg ik wie dat was die ik had horen huilen. Toen zei mijn moeder dat het mevrouw Hempel was, dat ze het moeilijk had met haar man, dat het door de oorlog kwam, door het jappenkamp. De spoorlijn, die noemde ze ook. Over meneer Hempel had ze al eens gezegd dat het 'een aparte en moeilijke man' was. Als mijn moeder apart zei, was dat nooit gunstig. En alleen in het geval van meneer Hempel voegde ze er moeilijk aan toe. Als ze alleen apart zei, moest mijn vader soms lachen, maar nu niet, wat door dat 'moeilijk' kwam.

'Hij is psychisch gestoord,' zei mijn moeder. Die woorden sprak ze gewichtig uit. Dat had ik haar nog nooit horen zeggen, maar ik snapte wat ze bedoelde, oppervlakkig dan.

Hij staat in de tuin, de psychisch gestoorde, die namiddag, in de lome namiddagzon, hij heeft zijn handen in de zakken van zijn te ruime rode broek en zijn magere schouders opgetrokken, punten die naar de volle hemel wijzen. Hij staat vlak voor de open voordeur, waarachter het klam donker is, en mevrouw Hempel staat bij het lage tuinhek, haar benen zijn rusteloos, ze wijst naar hem en ik zie aan haar mond dat ze hard tegen hem praat, bijna schreeuwt. Ze heeft een strakke blauwe jurk aan met allemaal kleine rode knopen aan de voorkant, ze lijkt wel een zangeres van liedjes als 'Puppet on a String', liedjes die op blote voeten moeten worden gezongen.

Ik zet het raam van mijn kamer open, ik hoor 'Het kan zo niet langer!' en 'Sla mij dan als je durft!' en 'Je moet die jongen met rust laten!' en 'Die jongen kan er niets aan doen!'. Ik weet dat die jongen Sander is die ik niet zie, maar ik weet dat hij binnen is, in de duisternis, zijn aanwezigheid is voelbaar in hoe zijn vader daar staat, met die handen in zijn zakken, in zijn gespannen beweginglooosheid.

Mevrouw Hempel loopt naar hem toe, haar hoofd een beetje gebogen, ze strekt haar armen, ik geloof dat ze hem wil omhelzen, en dan schopt haar man haar, een vliegensvlugge beweging, een felle schop in haar maag, ze klapt voorover. Ik kan me niet verroeren, voel hoe mijn handen pijn doen doordat ik hard in de kozijnrand knijp, hoe mijn hoofd vol gloeiende wanorde raakt, een paniek die ik niet ken.

Mevrouw Hempel loopt gebogen achteruit, dadelijk valt ze, ik weet het zeker, hij loopt langzaam op haar toe, het lijkt wel alsof hij trots is, misschien is hij dat ook want hij bepaalt wat daar gebeurt, de pijn, de vernedering. Mevrouw Hempel zakt op haar knieën en hij staat voor haar, weer bewegingloos.

Dan komt mijn vader de straat in rijden, op zijn grote fiets die hij de locomotief noemt, ik zie dat hij het tergende tafereel daar in de voortuin ziet, ik zie hoe hij de stoep op rijdt en bij het tuinhek stopt. Ik moet mijn hoofd uit het raam steken om te horen wat hij zegt, maar ik versta hem niet. Mevrouw Hempel draait haar hoofd naar hem toe en wijst met een zwaaiende beweging naar haar man, die zich nog steeds niet beweegt. Mijn vader zet zijn fiets nu tegen de heg en opent het tuinhekje, mevrouw Hempel staat op, loopt achteruit naar mijn vader, gaat naast hem staan en pakt zijn arm vast, mijn vader legt zijn hand op haar arm, ze knikt. Ik ben zo blij dat mijn vader haar aanraakt.

Ik weet dat er iets gaat gebeuren wat veel verandert, het is alsof de namiddag zich stroperig verengt tot de tuin waar de drie mensen staan, roerloos, gevangen in alles wat ze niet weten en wat zich niet begrijpen laat.

Ik wil alleen maar dat de tijd een stap verder zet, over deze gebeurtenis heen, dat in die stap alles wat daar aan de hand is vervaagt en dat die vervaging alles onbelangrijk, onbeduidend maakt: het was er wel, maar het had er net zo goed niet kunnen zijn, iedereen heeft het alweer veel te druk met andere bezigheden, de herfst is begonnen, er is een eerste najaarsstorm voorspeld, buiten ruikt het nat, er zit vrolijke onrust in hoe mensen lopen, gehaast, doelgericht, de melkboer heeft eindelijk een meisje, met een bleek, vermoeid gezicht, tweede bij de Nederlandse turnkampioenschappen, de muziek van de Beatles is mooier dan ooit, waait niet alleen over de wereld maar zweeft er nu ook boven, als een belofte van een tijd die nóg nieuwer wordt.

Zonder zich los te maken van mevrouw Hempel loopt mijn vader naar meneer Hempel toe, samen lopen ze, mijn vader en de geschopte vrouw, naar de psychisch gestoorde, met een opgeheven hoofd als een heerser, een oppermachtige met vuurrode wangen. Ik zie de vriendelijkheid van mijn vader, zijn hoffelijkheid, zijn beschaafde kalmte. Hij maakt met zijn vrije hand een gebaar naar meneer Hempel, die zijn hoofd verontwaardigd beweegt naar dat gebaar, het is het gebaar van een vraag die zich niet anders laat stellen dan door zo'n gebaar. Meneer Hempel pakt de hand vast en trekt mijn vader naar zich toe, de hoofden van de mannen zijn nu dicht bij elkaar, dichter bij elkaar kan bijna niet.

Dit duurt allemaal veel te lang, denk ik, de paniek is groter geworden, adembenemend nu, ik moet ergens om hulp gaan vragen.

Mevrouw Hempel maakt zich los van mijn vader en draait zich om met gespreide armen, ze roept: 'Help! Wie helpt ons?' Haar stem is zo hard dat ik me niet kan voorstellen dat het haar stem is.

Ik kan me het gezicht van meneer Hempel niet meer voor de geest halen, ook al kwam ik hem bijna dagelijks tegen. Ik groette altijd, hij ook, maar hij leek het toch storend te vinden iemand tegen te komen. Dat weet ik nog wel. Nu kan ik het niet goed zien, alleen de houding van het gezicht, de onbeschofte dreiging die er van die houding uitgaat. Hij kijkt naar de hand van mijn vader, het is smalend kijken, zijn hoofd komt dichter bij die hand, ik weet wat er gaat gebeuren, het is onmogelijk maar toch weet ik het, hij zet zijn tanden in de hand, mijn vader schreeuwt van de pijn, die schreeuw slaat zijn hoofd achterover. Meneer Hempel legt zijn handen in de nek van mijn vader en trekt zijn hoofd naar zich toe, en dieper totdat hij buigt en zijn knie omhoogschokt. Mijn vader valt naast hem, beweegt zich even niet.

Meneer Hempel gaat over hem heen staan en terwijl hij

naar hem wijst, telt hij hard: 'One, two, three' en verder tot tien, in het Engels. Hij schopt mijn vader nu in zijn zij. Ik zie het gezicht van meneer Hempel nog steeds niet, maar ik weet toch dat het lacht. Waar is mevrouw Hempel gebleven, waar zijn haar vrolijke rode knopen?

Het tuinhekje staat open waardoor alles nog meer openbaar wordt. Waarom beweeg ik me niet? Ik voel tranen en schaamte, schaamte om wat er gebeurt, om mijn vader die daar ligt. Ik zie mevrouw Hempel de straat oversteken, ze is naar de overkant geweest, achter haar loopt de dikke man van de lampenwinkel die niet zijn stofjas aanheeft, maar een bezweet onderhemd boven zijn te ruime broek die aan bretels omhoog wordt gehouden. Hij heeft een rood hoofd. Voor zijn rechteroog heeft hij een zwarte ooglap, ik heb hem nooit anders gekend. Zijn vrouw heeft daar een kleine gloeilamp op geborduurd. Hij loopt alsof dat pijn doet. Dat weerhoudt hem er niet van op meneer Hempel af te benen en hem ruw opzij te duwen, weg van mijn vader, over wie hij zich vervolgens heen buigt.

Het is net alsof de hemel vol oud zomerlicht zo zwaar wordt dat die als een deken over de voortuin daar neerdaalt, of er even alleen maar die vier mensen zijn en dat niemand van hen daar iets aan kan veranderen, alles is onveranderbaar en daarmee houdt alles op.

Maar alles verandert wel, de hele wereld gaat zich nu bemoeien met wat er hier gebeurt, ik hoor de sirene van een politieauto, de altijd hoog pratende vrouw van de man van de lampenwinkel steekt nu ook de straat over in een donkergroen schort met vuurrode appels erop en achter haar nog meer overburen, de straat wordt ineens voller dan ooit. Ik kan me ook weer bewegen en loop naar beneden, met logge benen, en even overweeg ik te doen alsof ik net thuiskom en niet weet wat er aan de hand is, maar er is zo veel aan de hand dat ik niet eens in staat ben de gedachte over deze laffe smoes af te maken. Ik kijk naar mezelf in de grote spiegel in de gang, ik buig naar voren om beter naar mijn gezicht te kunnen kijken. Waar zie ik daarin mijn vader? Op het kastje naast de spiegel liggen vijf exemplaren van zijn boek, dat onlangs verscheen, een studie over de Franse schilder Courbet die binnenkort vertaald wordt in het Engels en Frans. Ik voel nog de trots toen hij met een doosje vol boeken thuiskwam en vertelde over de vertalingen. 'Een fles wijn,' riep hij tegen mijn moeder. 'Laten we een prachtige fles wijn openmaken. Uit ons trouwjaar.'

Ik sta daar misschien maar een paar seconden en ben ouder, verder weg van het leven van mijn vader, mijn eigen leven in, en ik weet dat ik in dat leven heel veel moet oplossen. Dat schiet door me heen: oplossingen, oplossingen. Waar is mijn moeder trouwens? Ze is nodig hier, zo nodig, er moet dadelijk iets zijn waar we om kunnen lachen, alsjeblieft iets wat fris is.

Ik moet bijna tegen de warmte duwen als ik de voordeur

heb geopend. Er staan mensen in en rond de voortuin van de familie Hempel. Ergens tussen al die mensen ligt mijn vader, ik moet naar hem toe, hij kwam altijd naar mij toe, maar nu is alles anders geworden, ik weet niet hoe ik hem moet bereiken. Ik duw een man met zwarte kleren opzij.

'Hé, rustig aan een beetje,' zegt hij.

Ik voel een agressie die ik maar met de grootst mogelijke moeite kan beheersen.

'Ik ben zijn zoon,' zeg ik en ik ben ineens zo blij dat ik dat kan zeggen. Dát is wie ik nu moet zijn: zijn zoon.

'Wat kan mij... Van wie ben je de zoon?' zegt de man.

'Mijn vader ligt daar. Hij is in elkaar geslagen.'

De man duwt me nu naar voren, hij roept iets tegen een agent die boven de mensen uittorent, ik hoor het woord 'knaap', een woord om iedereen mee opzij te meppen: Knaap! Knaap! Knaap!

Ik sta bij mijn vader, hij kijkt me aan, hij lacht verontschuldigend.

'Papa,' zeg ik.

Er nadert nog een sirene. Een van de agenten heeft meneer Hempel vast bij zijn bovenarm. Meneer Hempel kijkt alsof hij daar niet is. De psychisch gestoorde. Dan ziet hij mij. Hij lacht naar me alsof ik belachelijk ben, alsof alles belachelijk is, alles.

Alles eerlijk zeggen

Als het uren later is en donker en buiten alles stil is, zitten mijn ouders tegenover elkaar aan tafel, onder de lage lamp, met franjes eraan, een cadeau van mijn oma, mijn moeders moeder. Mijn moeder heeft de handen van mijn vader vast. Mijn vader heeft zijn hoofd gebogen, niet uit verdriet of zoiets, maar alsof hij nadenkt over iets waarover hij nog nooit heeft nagedacht. Naast de handen van mijn ouders staan twee pijpjes bier, twee lege glazen en een bordje met wat stukjes kaas, alsof ze iets vieren.

'Je moet maar gaan slapen,' zegt mijn moeder tegen me.

'Ik heb nog huiswerk,' zeg ik, wat ik nooit zeg.

'Ik bel morgen wel dat je ziek bent.' Ze schenkt het glas van mijn vader vol, zorgvuldig, met een mooie schuimkraag. 'Het was verschrikkelijk vandaag,' zegt ze. 'Verschrikkelijk. Ja, ik bel morgen wel naar school. Misschien zeg ik wel wat er is gebeurd. Gewoon eerlijk zijn, alles eerlijk zeggen.'

'Dat zou ik nu niet doen,' zegt mijn vader. 'Is beter van niet.' Tijdens die laatste woorden knikt hij bijna onmerkbaar naar me, waardoor de raadselachtigheid ervan me bijna aanvliegt.

Ik weet nog dat ik naar de honende lach van meneer Hempel toeliep en ik de stem van mijn vader mijn naam hoorde roepen, er gebeurde van alles, maar ik weet niet wat, mijn ouders hebben er nog niets over gezegd.

Op mijn kamer zet ik *The Freewheelin' Bob Dylan* op. Op de voorkant van de hoes loopt hij met een vrouw, waarschijnlijk zijn vriendin, door winters New York, een manier van lopen die energieke innigheid uitstraalt: wat er ook in de wereld gebeurt, wat we ook met de wereld willen, wij horen bij elkaar, door hoe we bij elkaar horen is de stad een kleine stad, een dorp met een paar veilige straten en kleine winkels en vriendelijke mensen die elkaar groeten en het aangenaam vinden dat ze dat doen, het hoort bij hun leven. Ik moet zo leren leven dat ik daar ook zo kan lopen.

Ik kijk uit het raam, naar de lege tuin van de familie Hempel. Er zijn geen lichten aan in het huis, het is net alsof er niemand meer woont. Op straat zijn ook geen mensen, terwijl het nog geen elf uur is.

Ik verzet me tegen de schaamte die ik voor mijn vader

voel. Hij wilde ingrijpen, hij deed zijn best, hij betoonde moed. Hij had kunnen denken: ze lossen het zelf maar op, maar misschien dacht hij ook: ze kunnen het zelf niet oplossen, ik ook niet, maar iemand moet iets doen om te beginnen met een oplossing. Mijn vader was die iemand, mijn vader.

Ik zie hem weer op de grond liggen, even dacht ik dat hij dood was, en die gedachte was zo groot dat het was of ik er heel hard doorheen werd geslingerd, van de ene verre kant naar de andere verre kant, zo groot was die gedachte. Wat als mijn vader nu dood was?

Marleen is nog niet thuis, bij het eten heb ik haar ook niet gezien. Mijn moeder zei: 'Laten we maar een boterham nemen. Iedereen moet die maar zelf klaarmaken in de keuken.' Ik herinner me niet dat ik dat heb gedaan.

Het zijn niet Marleens stappen die ik op de trap hoor. Het is mijn moeder, ze klopt zacht op de deur en komt met een glas melk binnen. Dat is heel lang geleden. Dat zeg ik ook. Ze lacht. 'Soms is niets lang geleden. Ik weet helemaal niet hoe jij je voelt.'

'Hoe ik me voel?'

'Ja. Ik ken je, jongen. Je weet toch dat ik je ken. Je hoeft niets te zeggen, hoor.'

'Wat zou ik moeten zeggen?'

'Over vanmiddag.'

'Wat over vanmiddag?'

'Het was heel veel. Misschien wil papa er wel nooit meer over praten. Dat heeft niets met jou te maken. Weet dat, het heeft niets met jou te maken. Het heeft hem zo geschokt dat hij dat weer voelt als hij erover gaat praten.'

'Hij hoeft er helemaal niet over te praten.'

'Zou beter zijn, ook voor jou.'

Mijn moeder pakt de hoes van de Dylan-elpee. 'Is dat zijn vrouw?'

Dat mijn moeder belangstelling voor Bob Dylan heeft! Ik zeg dat ik het niet weet. Misschien kan dat helemaal niet, Dylan en een vrouw. Misschien is hij wel zo van zichzelf dat daar helemaal geen vrouw bij past.

'Ik hoef er niet over te praten,' zeg ik.

Mijn moeder schudt langzaam haar hoofd, pakt mijn hand en zegt: 'Misschien wil je dat later wel. Als we er niet meer zijn.'

De ondenkbaarheid van die woorden benauwt me. Het had gekund dat mijn vader er vanmiddag ineens niet meer was. Dat mijn moeder thuis was gekomen en een nieuwe tijd gehavend begon.

Ik trek mijn hand uit de hare. Ik kijk naar het glas melk, ik heb er nog niet uit gedronken, het lijkt me ineens een vervelend karweitje.

'Hebt u gehoord wat er precies is gebeurd?'

Mijn moeder knikt. 'Nou ja, precies, iedereen was er in de war van. Misschien komt die agent nog terug?'

'Agent?'

'Ja, die de hele tijd met papa zat te praten. Hij zei het toen hij wegging, dat hij misschien nog terug zou komen, morgen of later deze week. Hij zei: "Als het nodig is."'

'Hoezo nodig?'

'Je weet dat ze meneer Hempel naar het ziekenhuis hebben gebracht. Misschien komt hij voorlopig niet meer thuis. Misschien is dat ook beter. Misschien wil die agent nog iets van jou weten.'

'Van mij?'

'Je was zo overstuur. Dat begrijpt iedereen, hoor.'

Ik weet niet wat ze bedoelt, ja, vaag, maar zo vaag dat alles onnoemelijk ver weg lijkt. Ik zie nergens een einde, *geen afgeronde situatie*, ik zie niet waarop ik me moet concentreren.

Mijn moeder staat op en kust me op mijn voorhoofd, ze aait met de rug van haar hand over mijn wang.

'Morgen een nieuwe dag,' zegt ze. Ze zegt nooit van die dingen, van die algemeenheden.

Ik knik, maar dat ziet ze niet. Ze verlaat in gedachten mijn kamer.

Ik ga op bed liggen, ik probeer aan vanmiddag te denken, maar dat lukt niet. Voor het eerst weet ik niet wie ik ben, voor het eerst is het alsof ik van een afstandje naar mezelf kijk, een jongen die op een bed ligt en naar Bob Dylan luistert met een groot glas melk binnen handbereik, melk die licht geeft, het enige licht in de kamer, want zijn moeder heeft die melk daar neergezet: wie is hij? En nog een vraag: wil ik dat weten? En nog een: is dat waarover ik mijn hele leven ga doen? Nog een: wat wil ik met hem te maken hebben?

Als ik daaraan terugdenk, aan die dag, aan die namiddag, is het net alsof ik automatisch een paar uur oversla, uren die zich in onrustige vaagheid terugtrekken, en alles weer helder wordt als mijn moeder op mijn kamer is. Ik zie het glas melk, ik zie haar wijzen naar de hoes van de elpee van Bob Dylan, ik zie me op mijn bed, ik zie me zoeken.

Wat is er met ons?

Een week voor Kerstmis gebeurt er dit, tijdens het avondeten: Marleen zegt dat ze gebroken is. Ze gebruikt dat woord: gebroken. We kennen Bernard van Duyvenbode toch? 'Die moeten jullie kennen. Iedereen kent Bernard. Deze zomer reed hij in de auto van zijn moeder het kleine parkje midden op het plein in, tegen een boom. Iedereen had het erover. Hij had minstens één fles port op.'

'Port,' herhaalt mijn moeder. Ze drinkt weleens een glas als ze niet kan slapen. Daar doet ze lang over. Ze zal zich niet kunnen voorstellen dat iemand een hele fles drinkt. Over die mogelijkheid denkt ze waarschijnlijk scherper na dan over Bernard van Duyvenbode.

Ik zeg niets, ik wil het niet over Bernard van Duyvenbode hebben, een luidruchtige klier van een jongen, iemand die zich vooral wil manifesteren, zoals veel jongens op school, ze hebben een handige manier van doen en overal een antwoord op en dan hoeft er niet eens een vraag te zijn gesteld.

Mijn vader is met zijn gedachten elders.

'Hij had me uitgenodigd voor het eindejaarsfeest bij hem thuis. Iedereen heeft het over die feesten. Iedereen!' Marleen kan niet meer blijven zitten. Ze leunt met haar handen op tafel. Haar knokkels zijn wit. 'Iedereen,' zegt ze weer.

'Wij nooit,' zegt mijn vader, die even niet aan iets anders denkt.

'Ja, jullie...' kreunt Marleen.

'Wat is er met ons?' vraagt mijn moeder.

'Niets,' zegt Marleen. Ik zie haar woedend worden. 'Niets. Dat is het juist. Er is helemaal niets met jullie.'

'Ik vind het niet fris als je zo praat,' zegt mijn moeder.

'Ach, u met dat fris de hele tijd.' Marleen wil zich omdraaien.

'Je gaat weer zitten,' zegt mijn vader. 'Ik heb iets belangrijks te vertellen.'

Marleen blijft naast haar stoel staan. 'En vandaag krijg ik een briefje. Dat ik niet hoef te komen, want het is al zo vol, er komen al zo veel mensen, er zijn te veel uitnodigingen verstuurd. Hebben jullie ooit zoiets gehoord?'

'Nee,' zegt mijn moeder. 'Zoiets hebben we nog nooit gehoord. Maar we kennen de familie Van Duyvenbode ook niet. We hebben nog nooit over de familie Van Duyvenbode gepraat. Ook niet over hun feesten. Of over Bernard die in de auto van zijn moeder tegen een boom rijdt, hoe bestaat het? Vind je het heel erg, kind?'

'Een schoftenstreek is het! Een ei–'

Mijn vader onderbreekt haar. 'Ik heb iets belangrijks te vertellen. Ik wil dat jullie luisteren. Moeder en ik hebben er lang over gepraat en wij vinden dat we zo veel mogelijk iets voor anderen moeten betekenen.'

'Zonder onszelf weg te cijferen,' vult mijn moeder aan. 'Anders kun je niets voor iemand anders betekenen.'

Harde winterregen raast tegen de ramen, de kale boom voor het huis zwiept furieus heen en weer. Mijn ouders zeggen vaker dat ze veel voor anderen willen betekenen. Ze doen het ook. Het is net of het hun geen moeite kost, het is hun manier van leven. Daarom zijn er ook vaak mensen op bezoek, vrienden, familie, maar ook mensen die ik niet ken. Bij die gesprekken zijn mijn zusje en ik nooit, Marleen is er te ongeduldig voor en ik ben het liefst op mijn kamer. Soms blijft er iemand logeren, af en toe behoorlijk lang, maar dat is altijd gauw de normaalste zaak van de wereld. In mijn eigen leven maakt het allemaal niet uit, als ze zich maar niet met ons bemoeien. Als dat gebeurt, als een van die logés iets corrigerends zegt, grijpt een van mijn ouders vriendelijk in. 'Er drukt al zo veel opvoeding op hun schouders.' Ik leef op mijn eiland. Ik geef veel om mijn ouders.

Mijn vader schuift zijn bord naar voren en steekt een Caballero op.

'Moeder en ik hebben er lang over gesproken en we hebben besloten...' Korte pauze. Er is even alleen het geluid van de winter. 'We hebben besloten dat Alexander Hempel, Sander, een tijdje bij ons komt wonen. Het is allemaal niet makkelijk voor hem. En voor zijn moeder ook niet. En voor zijn vader ook niet natuurlijk.'

'Die zit in een inrichting,' zegt mijn moeder. Soms vindt ze dat mijn vader te lang over iets doet.

Mijn vader knikt.

'Hadden jullie dat gehoord?' vraagt hij.

'In het gekkenhuis,' zegt Marleen. 'Ja, iedereen weet dat.'

'Een inrichting,' nuanceert mijn moeder. 'Een psychiatrische inrichting. Dat is het beste voor hem.'

Ik had het ook gehoord. Sander zit in de parallelklas en hij is al een tijdje niet op school geweest. Ik had dat niet gemerkt, we fietsten er nooit samen heen, Sander heeft een racefiets, en op school spreken we nauwelijks met elkaar. Het is net alsof hij niets met me te maken wil hebben, alsof ik helemaal niet hoor bij de wereld waar hij op een racefiets doorheen jakkert. Dat wil ik ook natuurlijk, maar ik weet niet hoe ik dat moet regelen. Ik heb het mijn ouders nooit gevraagd, maar toch weet ik dat het ondenkbaar is dat ze een racefiets voor me kopen, voor mijn verjaardag bijvoorbeeld, en niet alleen omdat het een veel te duur cadeau is.

Ik heb het opgevangen, twee leraren die bezorgd met elkaar in gesprek waren, over de vader van Sander, over die inrichting.

'En Hanny, mevrouw Hempel, gaat naar haar zus,' zegt mijn moeder. 'Die woont heel ver weg, in Nieuw-Zeeland. Hoelang ze daar blijft, kan ze nog niet zeggen. Ze heeft het héél erg moeilijk gehad met Gijs, haar man, héél erg moeilijk. Ze kan daar nauwelijks over praten. Ze wil het ook niet. Ze houdt van hem, ondanks alles houdt ze van hem, maar het kan gewoon niet meer, het is niet te doen. Het is het andere eind van de wereld, Nieuw-Zeeland. Het is goed voor haar, ik weet het zeker. Zelf zegt ze het ook, dat het goed voor haar is. Het andere eind van de wereld, heel ver weg van hier.'

'Al hun familie woont ver weg,' zegt mijn vader. 'En bovendien is het het beste voor Sander als hij hier blijft. Hij heeft zijn school hier, de tennisclub, hij is hier thuis, hier in deze stad.'

'En wij zorgen ervoor dat ons huis een thuis voor Sander is,' zegt mijn moeder. 'Ik hoef jullie gelukkig niet te vragen daar je best voor te doen.'

Marleen en ik kijken elkaar aan, we proberen elkaar te zien dwars door de wereld heen die ons scheidt. Het compliment van onze moeder verbindt ons even, we hebben een gezamenlijk doel, Sander.

Mijn moeder voegt eraan toe: 'Hij is een aardige jongen.

Beetje op zichzelf, maar daar kan niemand bezwaar tegen hebben. Wat vader en ik zo graag herhalen: we laten elkaar in onze waarde. Dan heb je meer te delen dan je voor mogelijk houdt.'

Kerstochtend

Sander komt niet meteen de volgende dag, maar twee dagen later. Ik ben niet thuis als hij arriveert, hij moet door iemand zijn gebracht, geen idee door wie. Sinds die middag in september was hij niet meer thuis.

Zijn kamer is op de tweede verdieping, boven de mijne. Ik hoor zijn voetstappen eerder dan dat ik hem zie. Dat is bij het avondeten, we zitten naast elkaar, praten over school, over gemeenschappelijke leraren, over de film die laatst in de aula werd vertoond, met Audrey Hepburn in de hoofdrol, Sander weet dat ze half Nederlands is, wat ik niet geloof, maar wat maakt het uit want ik vind het niet belangrijk en als hij dat denkt zeker te weten, moet hij dat gewoon zeggen. Mijn vader heeft weleens gezegd: 'Als je gelijk wilt hebben, vraag je dan eerst af waarom je dat wilt en wat je eraan hebt.' Ik meen dat Marleen en ik weer eens ruzie hadden, over iets stoms als de kleur van een auto. Zij zei dat die rood was, ik wist zeker van niet, bruin. Toen zei mijn vader het.

We lachen vaak tijdens dat avondeten. Iedereen spant zich daarvoor in en die inspanning is te voelen, we zien er allemaal uit alsof we hard aan het werk zijn. Ik vind het ook hard werken. Het doet mijn ouders goed.

Marleen is iets later dan ik aangeschoven, wat ze meestal doet als er bezoek is. Nog steeds noemt ze Sander Alèx, nogal grieterig. Mijn ouders reageren daar nooit op, Sander ook niet.

De dagen erna blijft Sander in bed, hij heeft griep, mijn moeder verzorgt hem, ik breng hem iedere dag één of twee avonturen van Kuifje. Of hij die leest, weet ik niet.

En dan is het ineens Kerstmis, de witte kerst waar iedereen zo op gehoopt heeft, alsof we zo'n kerst nodig hebben.

Op kerstochtend denk ik dat ik de eerste ben die op is, maar Sander is al beneden en staat voor de tuindeuren. De sneeuw glanst in de vroege ochtendzon.

'Het is zo stil dat je de stilte kunt zien,' zeg ik. Ik heb vaak de behoefte zulke dingen te zeggen, maar niet als Marleen erbij is, want die vindt het stupide aanstellerij.

Sander knikt zonder zich om te draaien. Aan dat knikken zie ik dat hij het geen aanstellerij vindt.

'We deden nooit aan Sinterklaas,' zegt hij. 'We gaven

elkaar cadeautjes met Kerstmis. Die verzamelde mama op kerstavond en legde ze dan onder de boom.'

Hij ziet niet dat ik knik omdat ik zijn teleurstelling begrijp. Het is niet alleen de teleurstelling van een kerstboom met niets eronder, het is alles waarmee niemand raad weet, alles wat zijn leven is, het leven waar hij vandaan komt, zijn moeder aan de andere kant van de wereld, zijn vader in het gekkenhuis.

Ik ga naast hem staan, leg mijn arm om zijn schouders, denk aan de puntige schouders van zijn vader, en zeg: 'Je moet je afvragen wat je ziet als je de stilte ziet.'

Hij draait zich onder mijn arm vandaan en kijkt me geschrokken aan. Ik weet niet waarvan hij schrikt, maar vraag hem dat ook niet.

Pleeg

Ineens is het vijf jaar later en hebben we eindexamen gedaan. Dat schrijf ik veel later in mijn leven – ineens is het later geworden – wanneer ik vaak schrijf dat inééns iets is gebeurd, dat er inééns jaren voorbij zijn gegaan. Het is een woord dat bij mijn leven hoort: ineens. Misschien ook bij de levens van anderen, maar daar kan ik niet over oordelen, ik heb mijn handen vol aan mijn gedachten over mijn eigen leven, wat altijd zo was. Niet dat ik egocentrisch was, misschien ook wel, maar ik kon anderen nauwelijks bereiken, er was een te grote afstand en die begon bij mij. Ineens weet ik dat ik er te weinig aan heb gedaan, ik kon de tijd van mijn leven nauwelijks bijhouden.

Die kerstochtend met Sander terwijl we voor de tuindeuren staan, mengt zich met de foto van ons op die kratten, met achter ons de tuin die wacht op de komst van Martha

– *Martha, my dear, don't forget me*, maar dat deed ze wel. Niet die avond trouwens. Die avond wilde ik alleen dat ze er was, dat ik haar even kon zien, dat ze zag dat ik haar zag, niet alleen maar naar haar keek, maar dat ik zag wat haar wereld was, dezelfde als die van mij.

Vaak worden de schooljaren de belangrijkste van je leven genoemd, nou ja, de meest vormende. Het meest vormend voor mij waren de vriendschappen die ik sloot, en de vreugde en veiligheid van die vriendschappen. De veiligheid van mijn kamer was het grootst, maar soms ruilde ik die in voor de vrienden, die meer met elkaar omgingen zonder mij erbij, maar als ik er wel was, beschouwden ze me als een volwaardig lid van hun gezelschap. Natuurlijk dacht ik dat die vriendschappen levenslang zouden zijn, maar kort na het eindexamen en de zwierige ketting van feesten was het al duidelijk dat dat niet zo was. Ineens was er veel te veel toekomst, het was net alsof alles wat er zo veilig en vertrouwd was zich in die vreemde volheid oploste, alsof je daarvan werd opgejaagd. Door mijn vrienden en vriendinnen had ik een paar jaar geweten hoe ik moest leven, want we deden dat met elkaar, en nu gingen we allemaal een andere kant op, naar nieuwe vragen, nieuwe mogelijkheden, nieuwe mensen.

Het is net alsof ik de eerste anderhalf jaar van die schooljaren oversloeg, alles begon pas toen Sander bij ons kwam wonen, ook het begin van een nieuw leven. Dat ik me aan moest passen aan mijn oudere zus, dat was duidelijk en kon niet, maar Sander was iemand uit een andere wereld, een schemerige, met wie ik in de mijne iets moest betekenen. Ik was trots op zijn aanwezigheid. Op school zei ik dat hij mijn pleegbroer was. Dat woord kwam van mijn moeder, ik kende het niet, ik kende ook niemand met een pleegbroer of -zus. Af en toe zei ik Pleeg tegen Sander, wat hij leuk vond, Marleen belachelijk. Hij schreef het zelfs een keer onder een briefje dat hij voor me had klaargelegd: 'Ik doe de boodschappen wel! Pleeg.'

Als ik hem op school zo noemde, was het alsof we een band hadden die niemand kende, maar het was schijn van die band, wat verder niemand wist. Ik weet trouwens niet wat ik verwachtte, ook niet wat ik wilde, ja, meestal het liefst alleen zijn, ook thuis.

Wat ik moest begrijpen

Het eerste meisje met wie ik verkering kreeg, in het begin van de derde klas, veroverde mij in plaats van ik haar, door te zeggen: 'Je lijkt altijd zo alleen, maar dat wil je ook, hè. Je bent het niet, hè.' Het waren die laatste woorden die me voor haar wonnen, voor Liesje Steints, die grote donkerbruine ogen had en kort donkerbruin haar, zoals Audrey Hepburn. Ze woonde met haar moeder in een groot hoekhuis vlak bij school. Haar vader was een paar jaar daarvoor omgekomen bij een aanslag in Algerije, waar hij op bezoek was bij een Franse vriend. We wisten het allemaal, maar er werd niet over gesproken, dat mocht niet, geloof ik. Soms kan verdriet niet meer bij woorden in de buurt komen.

Liesjes moeder was vrolijk, helder vrolijk, 'een sterke vrouw' werd ze genoemd. Ze zat in het gezelschap dat met elkaar boeken besprak, net als mijn moeder. Toen ik voor het eerst daar thuiskwam, was het alsof het de gewoonste zaak van de wereld was.

'Je ouders zijn echt goede mensen,' zei de moeder van Liesje. Ze wist van Sander, van zijn vader, zijn moeder die weg was, inmiddels 'misschien wel voorgoed', en dat hij bij ons woonde. Ik knikte, ik vond mijn ouders ook goede mensen.

Ze vroeg niet of ik meeat, de eerste keer dat ik daar was, nee, ze belde mijn moeder en zei dat ik bij haar bleef eten en blijkbaar zei mijn moeder iets waarom de moeder van Liesje moest lachen, en voor het eerst voelde ik me ontzettend gelukkig, iets waarover ik uiteraard weleens had nagedacht en ook met mijn ouders over had gesproken, maar het was me nog nooit overkomen, althans niet zo dat ik het door en door besefte. Nu voelde ik het in mijn borst en in mijn keel en achter mijn ogen en in mijn lach.

Die middag hadden Liesje en ik gezoend in het steegje naast de Spar en gelachen om de woorden *Kopen Bij De Spar Is Sparen Bij De Koop*, omdat we het zo'n zielig zinnetje vonden, zo zielig bedacht. En nu zat ik in het huis waar ze woonde met haar moeder en haar broer, die ouder was dan wij en in een band speelde, vooral muziek van de Rolling Stones en The Pretty Things – hij had lang haar en een lange versleten leren jas die hij nooit uitdeed, hij zat ook niet meer op school, maar werkte in een dierenwinkel. Sander zei dat het niet kon, in een band spelen en in een dierenwinkel je geld verdienen, dat de ene manier van leven de andere ontkende. Ik kon niet tegen die redeneringen.

De kamer was licht, er hingen schilderijen aan de muur, allemaal ruw geschilderde stadsgezichten en uit de keuken kwam de geur van Indisch eten.

'Ik wil ook zo'n huis,' zei ik. 'Met zo'n kamer.'

'Met mij?' vroeg Liesje lachend. Ze liep naar de platenspeler en zette een elpee van Simon & Garfunkel op. 'Vindt mama te gek.'

Natuurlijk bedoelde ze die vraag niet serieus en was ík belachelijk serieus als ik zei dat ik dat graag zou willen, maar tegelijkertijd vroeg ik me af waarom dat niet kon. Waarom wist ik zeker dat er altijd iets was dat wat we wilden, meedogenloos zou verstoren? Mijn moeder zei het vaak: 'Alles is altijd ánders dan je denkt, altijd ánders dan je wilt. Dat hoort bij de voornaamste dingen die je moet weten.'

Moest ik maar zo min mogelijk willen.

Er aten ook twee vriendinnen van Liesjes moeder mee, vrouwen die ook zo helder vrolijk waren. Na het eten pakte een van hen, een Surinaamse, de gitaar die achter de bank stond en ze zong liedjes als 'Donna Donna' en 'House of the Rising Sun', en tot mijn vreugde ook 'Blowing in the Wind'.

Iedereen vindt dat nu een nogal verschrikkelijk lied, ik

niet, want het doet me denken aan die gelukkige avond, die avond die iets openbrak, die alles ruimer maakte. Ik had niet te klagen over hoe het bij mij thuis was, maar mijn ouders leefden anders, verlegen, moet ik misschien zeggen, dat is niet het goede woord, zoiets.

Bij het afscheid zoenden Liesje en ik weer, in de hal. Haar moeder riep: 'Laat je nog wel iets van haar over? Ze hoeft niet op, hoor!'

Een week of zes later maakte ze het uit, ze had iets gekregen met een jongen uit de band van haar broer, de bassist. Ze vroeg of ik het begreep, ik wist niet wat ik moest begrijpen, maar ik zei dat ik het begreep. Ook moest ik beloven niet kwaad op haar te blijven, maar ik was niet kwaad, het was nog erger: ik begreep haar ineens wél. Een jongen die in een band speelde!

Ergens in die dagen was de moeder van Liesje bij ons thuis. Ze had een boek voor mijn moeder bij zich, *De pest* van Albert Camus. Ze zei dat ze het jammer vond dat ze me minder zou zien, maar 'je bent altijd welkom, ik weet zeker dat Lies dat ook leuk vindt, echt, écht hoor'.

Mijn moeder zei dat ze niet wist dat het uit was, dat ik haar dat rustig had mogen vertellen. Ik vroeg waarom.

'Dan heb je het tenminste aan iemand verteld. Alles wat belangrijk voor je is, moet je aan minstens één iemand vertellen. En ik ben je moeder! Weet Sander het?'

Sander wist het, maar hij had het niet van mij gehoord.

Hij had gezegd: 'Die Liesje is een trut.' Ik zei dat ik haar helemaal geen trut vond. Hij haalde zijn schouders op, het was net alsof hij weer iets anders aan zijn hoofd had.

Bontjas

Het geluk dat ik die namiddag had gevoeld toen ik de eerste keer bij Liesje thuis was, misschien wel de simpelheid ervan, gaf richting aan mijn leven. Ik wist wat ik wilde, die eenvoud. Natuurlijk was ik verslaafd aan de grote, chaotische, zinderende en vaak onheilspellende wereld waarover ik las in romans en die ik in films zag en waaruit veel muziek voortkwam waarvan ik hield, en daar wilde ik ook alles mee te maken hebben, maar ik wist nu hoe ik me geborgen moest voelen, dat is het woord, denk ik: geborgen. Natuurlijk was ik dat thuis ook, maar dat was mijn opvoeding, dat was het begin van mijn leven, de basis van een toekomst, maar daar moest ik ooit weg, voorgoed, en dan moest ik zelf zorgen voor wat ik voordien van mijn ouders had gekregen en wat ik nog steeds kreeg, omdat het bij me hoorde, bij mijn karakter, bij mijn manier van denken, maar ik had zelf ook iets te doen met mijn leven dat langzamerhand steeds meer mijn eigen leven was.

De meisjes die ik aantrekkelijk en soms zelfs betoverend vond, hoorden bij mijn vrienden. Over die meisjes hadden we het niet uitsluitend, maar wel bijna. Ze gaven ons de identiteit die we zochten en die ons zocht. Ze maakten van die dagen, van die jaren een licht lied dat maar niet uit ons hoofd ging.

Twee vrienden waren me het dierbaarst, Hans van de Water en Mart Zomers. We waren het grootste deel van de tijd in het huis van Mart te vinden, want zijn ouders waren bijna altijd weg, zijn moeder vergezelde zijn vader die voor een bank werkte en op filialen van die bank, overal in de wereld, crisissen moest bezweren, zoiets. De jongste zus van zijn moeder, 'het nakomertje' Dorien, was in huis om voor Mart te zorgen, ze was net tien jaar ouder dan wij en liet ons met rust omdat haar hoofd barstensvol was met leven dat maar geen richting kreeg, wat haar voor ons ontzettend charmant maakte.

Ze was de eerste vrouw met wie ik naar bed ging. Op een ochtend was dat, ergens aan het begin van de winter, in de vijfde klas.

Hans is van ons drieën het best in Latijn en hij dicteert zijn vertaling van een passage uit Tacitus. Ik houd van die efficiënte zinnen, het ritme van de taal. Dan komt Dorien thuis, ze wordt afgezet door een taxi, ze was op een feest in Antwerpen geweest. Soms zei ze iets over die feesten en wij durfden nooit verder te vragen, bang dat die vragen dom en kinderachtig waren.

Ze zwiert de glazen deuren van de woonkamer open en blijft met gespreide armen staan. 'Zien jullie deze bontjas, jongens?' vraagt ze. Haar stem is schor.

Natuurlijk zien we de bontjas, een dikke witte, tot aan haar enkels.

'Kunnen jullie zien dat ik er niets onder aanheb?'

'Goed om te weten, Door,' zegt Mart.

'Dan kijken jullie toch anders naar me, als jullie dat weten. Ja toch?'

Ik kijk anders naar haar, natuurlijk.

'Die bontjas heb ik gekregen,' zegt ze. 'Van een man, een man in Antwerpen die mijn kleren gehouden heeft. Een zanger is hij. Bekend. Hij heeft gezegd waarvan, maar dat ben ik vergeten. We hebben geruild.' Ze lacht, de herinnering aan deze transactie maakt haar vrolijk.

Mart kijkt ons aan, niet omdat hij zich schaamt, maar om te zien of wij het allemaal ook zo fascinerend vinden als hij. Hij wil alles wat die tante is met ons delen. Ik ben vrolijk jaloers op Mart, ik wil ook zo'n tante.

'Ik hoopte al dat jullie er zouden zijn,' zegt ze. Ze denkt even na waarom ze dat ook weer wil. 'Ja, ik moet die bontjas natuurlijk wel meteen aan iemand kunnen laten zien.

Daarvoor is zo'n jas toch. Die heb je niet aan zonder dat iemand die ziet. Dan kun je net zo goed niets aanhebben. O ja, dat heb ik ook, onder de jas dus.' Weer lacht ze. Ze lacht altijd alsof ze ergens door gehinderd wordt, iets ongemakkelijks wat zich niet makkelijker laat maken. Dat ontroert me een beetje, maar ik zeg het niet tegen Mart en Hans.

Ik kan soms niet ophouden met naar haar te kijken, ook als ze geen aandacht trekt zoals nu, maar op de bank ligt te lezen, wat ze vaak doet, altijd beduimelde Franse boeken, met aantekeningen erin. Na haar schooltijd heeft ze twee jaar in Parijs gewoond.

Dan strekt ze haar hand naar me uit. 'Kun je me naar boven brengen? Die trap is soms zo'n ding, zo'n ontzettend ding.'

Mart en Hans kijken naar me alsof me gewoon een vraag is gesteld, en dat zou misschien ook zo zijn als ze zich niet had omgedraaid en haar bontjas van haar lichaam had laten glijden, langzaam, alsof ze zichzelf uitpakte.

'Naar boven,' zegt ze.

En we gaan naar boven, de tante en ik, naar haar kamer met de lege muren en waar verder alles helderblauw is, kobaltblauw, daarom heet de kamer ook de blauwe kamer en daar zegt ze, terwijl ze op bed gaat liggen: 'Kom maar even bij me, jongen. Dat moeten we zo nu en dan, even bij elkaar komen, anders is alles...' Ze wijst naar het raam waarachter het vroege witte winterlicht net melk is. Alles gebeurt zonder dat ik er iets aan hoef te doen, Dorien ruikt zo zoet, haar huid zal zo zacht zijn als die bontjas, ze zegt heel vaak 'jongen' en als ik van haar afrol, zegt ze dat ze aan het verdwijnen is in een slaap die dagen mag duren, en ze zegt: 'Toe jongen, fluister nog iets. Toe, jongen.' Ik wil graag iets zeggen dat dadelijk meegaat in haar dromen, maar ik kan alleen maar zeggen: 'De winter kon niet mooier beginnen.' Het is pathetisch, maar ze vindt het niet erg, ze lacht, ja, niet alleen alsof ze door iets ongemakkelijks gehinderd wordt, maar alsof ze ergens pijn heeft, en ik wil dat die pijn er niet is, er nooit meer toe doet, ik kus haar op haar gesloten ogen, ze strijkt met twee vingers over mijn wang en draait zich dan om, alsof het niet anders kan in dat winterlicht.

Niet zeiken

Hoe het zit weet ik niet, maar ik denk dat wanneer je steeds sneller op weg naar later gaat er zich iets in je vormt vanwaaruit veel gebeurt. Het geluk in het huis van Liesje, de ochtend met de tante van Mart hoorden bij wat zich dan vormt. Martha kwam daar later bij en tilde alles nog verder op. Bij haar kwam bij elkaar wat ik zocht, zonder dat ik kon zeggen wat het was. Het had met los van alles zijn te maken, met een eigen wereld, met de veiligheid ervan, met haar schoonheid, de verlegen triomf van haar lach.

Toen ik de blauwe kamer verliet en de trap af liep, dacht ik niet dat ik iets had meegemaakt waarover ik al zo vaak koortsachtig had gedroomd en hunkerend naar uit had gezien, maar het leek alsof ik zichtbaarder was, voor mezelf. Dat ik daarom leefde.

Ik geloof dat ik het ook daarom tegen Sander wilde vertellen. Dat ik me zichtbaarder voelde. Hij was zichtbaar omdat hij bij ons woonde, zich had losgemaakt uit de geschiedenis die zijn leven tot zijn veertiende was, 'een jongen met een verleden' die daarom anders was dan ik of de jongens die ik kende. Iemand met een verhaal. Dat was ik niet, alles was zo beschermd, wie ik was, wat ik deed, door mijn ouders, door mezelf omdat ik met alles wat ik bedacht mijn eigen wereld had die alleen maar van mij was. Het was alsof ik al die tijd de woorden had verzameld waarmee ik later aan een verhaal zou kunnen beginnen, de woorden en hun betekenissen natuurlijk.

Ik wist niet of Sander de tante van Mart kende, hij was daar nog nooit thuis geweest. Hij vond Mart een watje omdat hij zo hopeloos tenniste en hard moest lachen om zijn eigen blunders.

Zondagavond speelden we tafelvoetbal, na het sportprogramma waar we met de hele familie naar keken, terwijl we frites of chinees aten.

Hij speelde altijd met mijn moeder tegen mijn vader en mij. Mijn zusje deed niet mee maar draaide plaatjes, niet alleen de plaatjes die zij leuk vond, maar ook muziek waarvan Sander en ik hielden, natuurlijk geen Bach of Dylan, maar de Stones en Jimi Hendrix. En de Nederlandse band Shocking Blue waarvan Sander alles, maar dan ook alles wist, wat hij soms had met bands. Hij noemde het 'projecten' en het project Shocking Blue was begonnen omdat hij de naam van de band zo sterk vond, 'en dan die verlegen zangeres, geweldig!'. Het duurde nooit lang, want niets kon natuurlijk op tegen Bach of Dylan.

De zondag na de ochtend met de tante zei ik het aan Sander, in de kelder waar we het tafelvoetbalspel opborgen.

'Ik ben met iemand naar bed geweest.'

'Iemand?'

'Dorien. Het zusje van de moeder van Mart.'

'Het zusje van de... laat me even denken. O ja, die het huishouden daar runt. Die toch? Met die laarzen?'

'Die.'

'En hoe was dat?'

Hij stelde die vraag zo kinderachtig dat ik er geen antwoord op had. Ik moest me inhouden om niet 'gewoon' te zeggen.

'Waarom vertel je het trouwens?' vroeg hij. 'Is het aan tussen jullie?'

Ik schudde mijn hoofd.

'Weet Pat het al?'

Tussen Patricia Kolk en mij was, zoals dat heette, iets moois aan het groeien. Dat zei mijn moeder altijd als het over zulke ontwikkelingen ging: iets moois. Dat mooie was niet dat we met elkaar gingen of dat wilden, maar we spijbelden samen, stalen boeken voor elkaar, liepen vaak door het stadspark. We zeiden tegen elkaar dat we goede vrienden waren en met 'goed' bedoelden we dat het goed was hoe wij vrienden waren, dat het niet beter kon dan zo, dat het veel meer was dan verkering, dat belachelijke woord.

Soms kusten we elkaar, omdat we vonden dat we dat lekker deden. We zeiden een keer dat we voor elkaar zorgden, wat ik nog nooit eerder had gezegd. 'Wij zijn vrienden die voor elkaar zorgen,' zei ik toen we door het park liepen, een namiddag in de herfst. Pat herhaalde het: 'We zorgen voor elkaar, ja!' Ze maakte een dansje op het natte gras tussen de gele bladeren.

'Weet Pat het al?' Sander vroeg het nog een keer.

'Nee.'

'Zou ik maar zeggen. Lijkt me een goed begin. Doe jij het licht uit?'

Hij liep de keldertrap op.

Toen ik bovenkwam zaten mijn ouders te lezen en begon Sander in gedachten door een tijdschrift te bladeren. Ik weet uiteraard niet in welke gedachten, maar alles wees erop dat wat ik net had gezegd er allang uit verdwenen was.

Niet zeiken, dacht ik, niet zeiken, niet zeiken. Ik wist ineens zeker dat ik moest leren dat het zo kan gaan, dat ik me niet door verwachtingen moest laten regeren en zeker geen verwachtingen moest bedenken. Het hielp me zoiets vast te stellen. Ik ging naar mijn kamer om het op te schrijven, want als ik het opschreef was het meer waar dan wanneer ik het alleen maar dacht.

Ik hoorde mijn ouders naar hun slaapkamer gaan en ik sloop naar beneden.

Patricia Kolk woonde twee straten verder, haar kamer was in de garage van het huis, wat ooit de garage was, je hoefde niet door het huis, haar ouders hadden het niet in de gaten als je haar laat in de avond of in de nacht bezocht. Dat had ik gehoord, ik had dat nog nooit gedaan, maar ik wilde haar nu zien. Dat had ze ook gezegd: dat ik altijd welkom was.

In de grote garagedeur zat een kleinere deur, smal, je kon er net doorheen. Daar klopte ik aan en toen Patricia opendeed, zag ik dat ze al had geslapen. Haar dunne lippen waren altijd donkerrood en alles rond haar ogen donker. Nu zag ze er bleek uit, haar lange blonde haar in een staart. Ze had een veel te grote gele trui aan die tot op haar bovenbenen kwam. Ze vond het de gewoonste zaak van de wereld dat ik daar stond en zei dat ze vanmiddag een fles sherry mee had genomen uit de woonkamer, dat haar ouders dat echt niet zouden zien. Ik zei dat ik geen sherry hoefde, dat ik haar alleen maar vast wilde houden.

'Wil je naast me komen liggen?' vroeg Patricia.

'Ik wil naast je komen liggen.' Ik vond het fijn die woorden te herhalen.

'Maar we doen niks, hoor.'

'We doen niks. Alleen maar naast elkaar liggen.'

We kusten en liepen ondertussen onhandig naar haar smalle bed.

Ze duwde me op het bed en vroeg of ze muziek op moest zetten. Ze zei dat toen ze vanmiddag de woonkamer binnenkwam haar moeder doodstil aan tafel zat te luisteren naar pianomuziek. Ze rookte een sigaret. De zon van de namiddag glansde op haar gezicht. Patricia had die plaat meegenomen, de *Mondscheinsonate* van Beethoven, van wie ik natuurlijk gehoord had maar van wie ik geen muziek kende.

Ze bleef bij haar kleine platenspeler staan.

'Vind je het mooi? Mijn moeder had niet in de gaten dat ik naar haar stond te kijken. Goed hè.'

Als ik mijn ouders naar muziek zag luisteren, vond ik hen andere mensen dan in de gewone omgang, andere mensen dan alleen maar mijn ouders. Ik was getuige van een intimiteit die ik ook kende, waaraan ik ook verknocht was.

'Ja, goed,' zei ik. Dat vond ik het, goed: het beeld van de luisterende moeder in de namiddagzon, een beeld dat meteen bleef bestaan als je het beschreef, dat niet alleen maar een flard in de tijd was, als muziek die je meenam in een trage droom.

Patricia kroop tegen me aan, ging met haar hand onder mijn trui, over mijn rug.

'Als je wilt dat we niets doen, is dat niet handig,' zei ik.

Ze lachte, liet haar hand op mijn rug liggen, wrong haar knie tussen mijn benen.

Ik vroeg waarom ze zei dat we niets zouden doen.

'Dat weet ik niet,' zei ze. 'Dat weet ik niet. Zulke dingen weet je toch niet?'

En toen vertelde ik het, van de tante van Mart, de bontjas, de winterochtend. Ze luisterde er onbeweeglijk naar, ik hoorde alleen haar adem.

'Vind je het raar?' vroeg ik.

'Raar?'

'Erg, bedoel ik. Vind je het erg?'

'Dat weet ik niet. En als ik het niet weet, vind ik het geloof ik niet erg.'

Op straat vochten honden, het was net alsof hun gegrom en geblaf even de hele nacht vulden. Er waren ook mannenstemmen met van die bassende zekerheid erin.

Patricia haalde haar hand van mijn rug. Ze vouwde die in haar andere hand, dicht onder haar kin. Ik streelde haar haar.

Ik schrok wakker en wist niet waar ik was en zag Patricia op haar bureaustoel tegenover het bed zitten. Die stoel had ze van haar bureau gedraaid, ze keek naar me.

'Sorry,' zei ik.

Ze zei niets.

Ze keek niet kwaad of teleurgesteld, nee, ze keek met een wat vreemde aandacht. Weer zei ik dat het me speet. Wat? Dat ik in slaap was gevallen? De tante van Mart? Misschien vooral wie ik was.

'Dat hoef je niet zeggen,' zei Patricia. 'Misschien moet alles zo zijn dat je nooit hoeft te zeggen dat iets je spijt. Was dat niet iets in een film laatst? Nou ja, doet er niet toe. Je hoeft het nooit te zeggen. Ik bedoel: niet aan alles wat gebeurt en gaat gebeuren, kun je iets doen. Niet dat je op alles trots hoeft te zijn, nou ja, je begrijpt wat ik bedoel.'

Ik begreep wat ze bedoelde, ook al kon ik niet zeggen wat het precies was, maar ik geloof dat ik toen al vond dat we alles waarvan je kon zeggen wat het precies was meteen konden vergeten.

'Ik ga naar huis,' zei ik.

'Zou ik ook doen.' Haar dunne lippen lieten een dunne lach zien. 'Papa zegt dat we allemaal verwende wijsneuzen zijn.'

Ik wilde helemaal niet begrijpen wat haar vader daarmee bedoelde. Ik kuste Patricia op haar voorhoofd, ze hield even mijn handen vast en ik wist dat er iets veranderd was tussen ons, dat we elkaar minder vaak zouden zien en toen liep ik door de nacht naar huis, vijf minuten lopen, maar het duurde langer en het huis was verder weg. En ik dacht aan de teleurstelling die Sander telkens veroorzaakte, en waarom me dat dwarszat, en ik dacht ook dat ik niet van die teleurstelling wegging, ook niet van alles waarmee ik geen raad wist, nee, ik ging niet weg, maar ergens heen waar al die momenten, al die beelden, al die vragende gedachten misschien bij elkaar konden komen en me zo de mogelijkheid gaven mezelf te begrijpen, niet volledig, want dat kon niet, maar genoeg om op volle kracht voor het leven te blijven kiezen.

Dat laatste waren de woorden van mijn vader, hij bedoelde dat je dan ook moest nadenken over de consequenties van die keuze, over je inzet, over, ja karakter. 'Je moet dus Camus lezen, Albert Camus. Je moet niks, maar ik zou het doen. Daarom deed ik het al.' Die laatste woorden sprak hij schaterend uit. Soms had ik zin de humor van mijn vader tot in alle uithoeken te verkennen, ik wilde die absorberen.

Iemand moest het weten

Hoe vaak ik op Sanders kamer kwam weet ik niet, het waren vluchtige bezoekjes: iets pakken, iets afspreken, hem zoeken.

Als we iets te bespreken hadden (bespreken!) of elkaar de Dylan-zinnen wilden laten lezen of de verhaaltjes die we schreven terwijl we naar Bach luisterden, kwam hij altijd op mijn kamer, die minder kaal dan de zijne was en waar twee fauteuils stonden, meegenomen uit het huis van mijn opa toen die was gestorven, op hoge leeftijd. Misschien had ik niet eens in de gaten dat ik het vanzelfsprekend vond. Mijn kamer was ook gezelliger, om dat gevaarlijke woord maar eens te gebruiken, wat kwam doordat die meer mijn huis was dan de rest van het ouderlijk huis, hier leefde ik. Uit het huis van mijn opa had ik ook een smalle boekenkast meegenomen en zijn boeken van Thomas

Mann en Franz Kafka. Die opa was de vader van mijn moeder en zij juichte het toe dat die boeken bij mij kwamen te staan, want 'misschien neem jij ze de rest van je leven mee en hem dus ook, want al die boeken las hij iedere keer weer opnieuw, ze zaten allemaal in zijn hoofd en zijn nu in jouw leven'. Ze zei ook dat er volgens haar twee 'hiernamaalsen' waren: het hiernamaals dat we niet kenden maar dat ons van jongs af aan was beloofd en waarover zo ontzettend veel geleerde mannen en vrouwen zich hadden uitgelaten dat het wel moest bestaan, en het hiernamaals in ons leven, het leven van de nabestaanden 'en daar kan het een bonte bedoening zijn, met al die herinneringen en dat soort dingen' en dan wees ze naar de boekenkast en de boeken van haar vader.

Ook had ik naast de wastafel 'een echt schilderij' hangen, van een vriend van mijn vader, een schilder aan wie mijn moeder een hekel had omdat hij altijd laat en tamelijk dronken op bezoek kwam en mijn moeder vol op de mond zoende, een begroeting die zij onmogelijk kon ontwijken, want hij was een sterke man.

Bovendien vond ze zijn werk 'flut', 'heus niet omdat iedereen het kon, maar je moet wel een beetje kunnen zien dat hij er op zijn minst een seconde over nagedacht heeft, dat hij zich vaag heeft afgevraagd hoe hij ervoor kon zorgen dat hij ook méénde wat hij maakte'.

Hij had altijd jeuk in zijn schaamstreek en daar kon hij

onbarmhartig zitten krabben, in zijn broek. En met die hand graaide hij ook in de bak pinda's die mijn moeder meestal op tafel zette. Vond ze 'verschrikkelijk storend'.

Toen mijn vader een tentoonstelling van hem had geopend, in een kerk die net was gesloten, als plaats van samenkomst voor gelovigen dus, mijn moeder was ziek thuisgebleven, kwam hij ver na middernacht, iedereen in huis sliep al, dat schilderij brengen. Het stelde Christus voor die de woekeraars uit de tempel verjaagt, 'een aanklacht tegen het kapitalisme'. Christus was een vuurrode vlek met een gejaagde uitstraling, de vluchtende geldhandelaren leken op gieren, de achtergrond was zonnig geel.

Mijn moeder zei meteen dat ze 'dat ding' niet in de woonkamer wilde hebben, nérgens waar ze het kon zien, niet alleen vanwege de maker van het kunstwerk, maar ook omdat ze de kwaliteit bedroevend vond. 'Moet dat Jezus voorstellen? Is dat de stichter van een wereldgodsdienst?'

Zo kwam het op mijn kamer terecht. De schilder, die nog dikwijls op bezoek kwam, vroeg er nooit naar, we kregen de indruk dat hij zich niet meer herinnerde dat hij het mijn vader had gegeven. Hij verzette zich nog steeds luidruchtig tegen het kapitalisme, maar deze aanklacht leek hij te zijn vergeten.

Ik vond het schilderij ook lelijk, niet zo lelijk als mijn moeder, maar het was echt, er bestond geen tweede van en ook stelde ik me voor hoe de schilder op een dag besloot het schilderij te maken en er eerst een leeg, sneeuwwit doek was, helemaal niets behalve dat, en een paar dagen of weken, misschien maanden later Jezus die woedend in een tempel tekeerging, een proces waarvoor ik ontzag voelde, *niets* dat *iets* werd, *iets* dat daarvoor niet in de wereld was, door niemand kon worden gezien. En toen hing het op mijn kamer, naast de wasbak.

Als Sander tegenover me zat, keek hij er altijd even naar, met de bedachtzaamheid die hem typeerde. Vrienden en vriendinnen die op bezoek kwamen trouwens ook. Ik was iemand met een schilderij.

Op de kamer van Sander hing alleen een foto van Bob Dylan, de opengevouwen hoes van *Blonde on Blonde*, de voor- en achterkant, ik had er alles voor overgehad op die foto te lijken. Er stond ook geen fauteuil. Als je er wilde zitten, kon dat alleen op de fragiele bureaustoel of op het bed.

En ik zat op het bed, die namiddag van onze laatste schooldag van de vijfde klas. Hij was niet op school geweest en ik had zijn rapport meegenomen. Hij keek naar dat rapport alsof het een document in een vreemde taal was.

Ik zei: 'Nog één jaar.'

'Een jaar wat?'

'Een jaar school.'

'Ja.'

Toen vroeg ik het, een vraag die ik hem al eerder had willen stellen: 'Weet je moeder hoe het met je gaat?'

Over zijn vader hadden we het nooit. Mijn vader zei dat die nog steeds in een psychiatrische inrichting zat en daar waarschijnlijk altijd zou blijven, 'wat voor iedereen het allerbeste is'. Hij zei niet waar, ik vroeg dat ook niet, en dat ik er met Sander alleen maar over moest praten als hij er zelf over begon. Het was duidelijk dat hij er wel met hem over gesproken had. Over zijn moeder zei Sander sóms iets, altijd als hij een brief van haar ontvangen had, van die lichtblauwe, dunne velletjes. Dat ze lerares handenarbeid was geworden op een internaat voor meisjes, 'rijke, verwende meisjes', en dat het haar beviel, dat ze in een mooie stille streek woonde in een laag huis met uitzicht over een uitgestrekt bos, in de lente en zomer 'golvend groen'. Geen woord over terugkomen, geen vragen over hoe haar zoon zijn toekomst zag. Het waren vriendelijke brieven, dat wel, begreep ik, maar als hij erover vertelde, wat hij mondjesmaat deed, vond ik ze wel wat algemeen en oppervlakkig, van iemand die op afstand wilde blijven, en dat misschien ook alleen maar kon.

'Nee, dat weet ze niet. Ik schrijf haar deze week.'

'Mis je haar?' Misschien moest ik hem zo'n vraag niet stellen.

Hij haalde zijn schouders op.

'Ik weet het niet,' zei hij. 'Ja, als je het niet weet, is het waarschijnlijk niet zo. Ik weet eigenlijk niet wat het is, haar missen.'

Ik dacht over die woorden na, over wat het is, niet weten of je iemand mist. Is dat even erg als iemand missen? Of nog erger?

'En als ze terugkomt?' vroeg ik.

'Ze komt niet terug, denk ik. Hoezo: als ze terugkomt?'

'Wat dan? Tussen jullie, bedoel ik.'

'Dat weet ik niet. Dat kun je toch niet weten!'

'Vind je het erg?' Het was de eerste keer dat ik Sander vroeg of hij iets erg vond.

'Wat?' Ik vond dat ik niet met hem kon praten, ik kon niet tegen het uitstel van een antwoord. De meeste mensen praten zo, misschien omdat ze willen verhullen dat ze het antwoord niet weten of er bang voor zijn. Nu wilde ik ophouden met ons gesprek, maar ik deed het niet, ik zat daar, we zaten tegenover elkaar, we vluchtten niet, we waren even twee jongens die samen in een huis woonden, een huis dat het onze was.

'Nou, of je het erg vindt dat je niet weet hoe het gaat tussen je moeder en jou, of gaan moet? Of wat je hoopt. Dat je dat allemaal niet weet. Ach, misschien zou ik het ook niet weten.'

'Ik denk dat het er niet meer toe doet. Weet je, toen we... toen mijn vader er nog was, was ze altijd met hem bezig. Als het maar goed met hem ging, als er maar niets gebeurde wat... Ik weet het ook niet. "Je redt je wel," zei mijn moeder, "je redt je wel". Misschien was het wel een compliment. Wat moest ik redden? Wie? En ik dacht alleen maar: het moet me niks kunnen schelen. Maar daar moest je ook mee uitkijken. Soms sloeg hij je. Haar ook. Hém moest je iets kunnen schelen, nou ja, iets, álles. Niets vragen, maar alles begrijpen waarover hij niets zei. Ze zei dat het kwam doordat hij bij die spoorbaan had gewerkt. En door dat kamp natuurlijk. Hij was zo vaak in elkaar geslagen. Tot hij bijna dood was. Dat zei hij vaak: ze sloegen me net niet hartstikke dood, nét niet, want dan konden ze me nog een keer net niet hartstikke doodslaan, en nog een keer. Het zit in me, zei hij, het zit voorgoed in me, dat slaan, die klappen, ze moeten eruit, maar ze kunnen er niet uit. Mama, mijn moeder werd er ziek van. Dan moest ze huilen. Soms drukte ze hem tegen zich aan en ondertussen huilde ze, de hele tijd. En dan begon hij haar ineens te schoppen.'

Hij was steeds zachter gaan praten, ik keek hem niet aan, volgens mij had hij tranen in zijn ogen, maar die wilde ik niet zien, ik hóórde die tranen, maar dat mocht hij niet in de gaten hebben, dat kon echt niet. Ik stond voorzichtig op van het bed, hij had zijn hoofd gebogen, hij zag het niet, ik liep naar het raam.

'Ik hoorde het 's nachts ook. Soms kon ik niet slapen, het was onverdraaglijk als hij... Stel dat ik gewoon lag te slapen en ik ze niet hoorde schreeuwen, hij en mama. Dat ik daar gewoon lag te dromen alsof dat helemaal niet gebeurde. Dat kon toch niet. Iemand moest het weten. Snap je?'

Ik wist niet of ik dat snapte, ik kon me niet voorstellen dat zoiets in mijn leven gebeurde. Ik keek naar buiten, naar de achtertuinen, in die achter onze achtertuin zag ik de vrouw die in het huis daar woonde, een lange blonde, ze sleepte een ligstoel van het terras het kleine grasveld op, ze ging naar de keuken en kwam eruit met een hoog glas vol rode drank en een krant, ze trok haar T-shirt uit, ze had een rode beha aan, even rood als de drank in dat glas, en liet zich in de ligstoel zakken. En toen keek ze naar het open raam waar ik stond. Ik dook weg.

'Wat is er?' vroeg Sander, niet meer met zachte stem. Zijn stem was weer in de orde van de dag, zijn orde.

Ik wist niet wat er was. Ja, dat die achterbuurvrouw me had zien staan, maar dat vond ik te kinderachtig voor woorden. Sander stond ineens voor het raam.

'Dat is Ineke,' zei hij.

'Ineke?'

'Zo heet ze. Ineke. Een heel geil wijf.'

'Geil? Zij?'

'Zeg ik. Een heel geil wijf. Toen we moesten collecteren voor school, je weet wel, een paar maanden terug moesten we toch collecteren? Voor Biafra? En ik bel bij haar aan. Man!'

‘Wat was er?’

‘Of ik niet even binnen wilde komen. En ze had alleen een badjas aan, een korte badjas, een rode. En ze boog zich naar me toe.’ Hij wees naar buiten. ‘Je ziet die tieten toch. Ze zegt: geef die collectebus maar even hier. Die zet ik op het tafeltje daar. Heb je geen dorst? Ja, heb je geen dorst gekregen van al dat collecteren? Echt waar, ze trekt me naar binnen, echt waar. Ze pakt mijn hand en trekt die onder haar badjas, van onderen, echt waar. Helemaal nat, ik zweer het. En plotseling hoor ik boven iemand lopen. Ik vraag: wie is dat? Zij zegt: niemand, hoor. Maar ik word er nerveus van en ik zeg dat ik verder moet, dat ik dadelijk weer op school moet zijn. En ze lacht en ze pakt die collectebus van dat tafeltje en zegt: weet je wat jij doet? Ga jij maar lekker collecteren voor je goede doel. En ze lacht, helemaal niet vals of zo, maar gewoon alsof we niets met elkaar te maken hebben en er daarom ook niets is gebeurd, en doet de deur open en dan zegt ze het weer: ga jij maar lekker collecteren.’

Ik dacht aan wat ik hem vertelde over Dorien, de tante van Mart Zomers. Misschien waren vrouwen als Ineke voor hem wel de normaalste zaak van de wereld. Daarom was hij helemaal niet geïnteresseerd in wat ik over die winterochtend zei. Zijn leven was heel ver van het mijne, ook door wat hij allemaal zei over zijn ouders en zijn slapeloze nachten. Het was alsof mijn hoofd zich helemaal vulde met wat mijn leven niet was. Hoe moest ik dat veranderen? Ik mocht niet meer denken: dat komt wel. Ik moest ergens heen. Niet zeiken, niet zeiken.

Sander had nog nooit zo lang tegen me gepraat.

Toen we naar beneden liepen, Sander en ik, kwamen we Marleen op de trap tegen: 'Alèx, ik heb de kaartjes voor *Strawdogs* voor vanavond.'

'*Strawdogs*?' vroeg ik.

'Ach, dat is helemaal geen film voor jouw tere zieltje, broertje.'

Sander lachte.

Marleen was op blote voeten en had haar strakke zwarte jurkje aan, met witte stippen, die tot vlak boven haar knieën kwam. Toen we haar daarin voor het eerst zagen, zei Sander dat hij dat een geile jurk vond.

'Zoiets zeg je niet tegen een meisje,' had Marleen gezegd. En: 'In Italiaanse films hebben ze vaak zo'n jurk aan.'

Martha

In december 1972, de avond voor mijn twintigste verjaardag, stuur ik Martha een brief, nee, ik bezorg de brief bij haar thuis, daar woont ze nog, ze studeert sinds vier maanden filosofie, een studie die ze nooit zal afmaken. Ik schreef haar dat ik haar graag op mijn twintigste verjaardag wilde zien, in de late namiddag, nee, ik noemde het exacte tijdstip: half zes. De schemering is dan op haar hoogtepunt, het is bijna helemaal donker. Ik schrijf haar dat ik haar verwacht op de uitkijkplek vanwaar je de Ooypolder kunt zien, vlak bij het huis waar ik een kamer heb. Die plek moet ze kennen. Ik schreef haar dat het belangrijk was, dat ik met haar – ik schaam me het me te herinneren – aan later wil beginnen. Dat ik het zeker weet. Dat iedereen wel wat zeker weet, naar een andere stad verhuizen, kiezen voor tandheelkunde of Frans, wat je de allerbeste muziek vindt, dat soort zekerheden, er zijn er vast nog veel meer, en dat ik niets zeker weet, behalve dat ik met haar wil wat ik net schreef. Misschien waren het andere woorden, maar niet veel andere.

Er bestaan een stuk of tien versies van die brief. Vijf ervan vond ik terug, toen ik bij de zoveelste verhuizing veel weggooide, meer dan ik gewend was, ik bewaar graag zo veel mogelijk.

De laatste keer dat ik haar sprak was op het eindexamenfeest van Sander en mij. Het was maar kort geweest. Ze was er met haar gedachten niet bij. Misschien was ze wel verliefd op iemand die niet op mijn feest was, maar ergens anders, misschien wilde ze daarheen, misschien wist ze het niet zeker. Toen ik die avond naar haar keek, terwijl zij naar de dansers in de tuin keek, schoot door me heen dat ze misschien wel verliefd was op Sander. Meisjes vonden hem aantrekkelijk. Dat had ik niet zelf vastgesteld, Patricia Kolk had het toen tegen me gezegd: 'Hij heeft iets gevaarlijks. Hij is net een dier.' Dat laatste had ik raar gevonden, maar als Patricia het zei, was het vast waar. Ik weet niet waarom ik dacht dat ze verliefd op Sander was, misschien door hoe ze elkaar begroetten, onhandig, vreemd lachend, samenzweerderig.

Ik probeerde vaak te bedenken wat Martha dacht, ik wilde daar alles mee te maken hebben, ik wilde dat wat zij dacht bij mijn wereld hoorde.

Ik sta al om vijf uur aan de overkant van de straat, in de schaduw van het huis van een componist. Ik weet wel dat hij daar woont, maar ik besef vooral dat het zijn huis is doordat ik hem piano hoor spelen, telkens hetzelfde fragment, maar telkens in een iets ander ritme, alsof hij die muziek de gelegenheid wil geven voor een leven te kiezen, de mogelijkheden daarvoor wil laten horen. Ik weet zeker dat ik deze melodie altijd zal onthouden. Van sommige momenten weet ik dat. Ik probeer te bedenken wat de melodie me vertelt, zoals ik nog niet zo lang geleden deed als ik naar Bach luisterde, de teksten, kleine verhalen die ik aan Sander gaf of voorlas, Sander die nu al een half jaar in Groningen woont, ik heb niets meer van hem gehoord, mijn ouders ook niet, mijn moeder zei dat we hem maar moesten laten, dat hij zijn eigen weg moest vinden, dat hij dat op zijn eigen manier moest doen.

'Wie niet?' zei ik.

'Ja, iedereen, maar voor sommige mensen is het anders dan voor andere.'

'Hoezo anders?' Het stoorde me dat Sander zo speciaal moest zijn. Hij was niet van glas.

Mijn moeder zei: 'Jij vertrekt vanaf een basis. Sander niet.' En vervolgens ging ze iets anders doen, tijdschriften bij elkaar zoeken, geloof ik. Ik had haar nog nooit zo horen praten, vanaf een basis vertrekken. Ook dat irriteerde me. De hele dag vertrek je vanaf een basis, het is maar hoe je het bekijkt. Misschien moet je er maar niet over nadenken dat je dat doet.

Toen ik aan dat gesprek terugdacht, later, vond ik dat mijn moeder gelijk had. Waar alles mee begint, daar ga je mee verder, met dat begin dus. Het is niet alleen maar een vertrekpunt. We hebben het niet over een periode maar over een plaats. Daar was je, je keek om je heen en nam een beslissing waarover je nauwelijks iets kon zeggen.

De melodie in het huis van de componist hoort meteen bij het uitzicht aan de overkant. Het zijn melancholieke tonen waarin toch ook iets vrolijks zit, iets optimistisch.

Het uitzicht is er nu niet, er is alleen schemering vol natte mist. Maar ik ken het, ik zie het dagelijks: links de brug en de rivier, rechts de polder met de honderden kleuren groen, de zwermen vogels, hier en daar huizen die bij elkaar staan, het kerkje, het kleinste dorp van Nederland, de kleur van de hemel doet ieder moment iets met dit vlakke landschap, daardoor beweegt het de hele tijd onweerstaanbaar. Ik ken de polder al zolang ik leef. De eerste keer dat ik er kwam, was bij mijn moeder achterop, in een stoeltje, mijn moeder zat heel rechtop voor me, ik rook de zeep waarmee ze zich waste, haar haar danste in de wind. Alles wat ze zag, benoemde ze. De koeien, de ganzen, de boerderijen, de schapen, de bloemenkwekerij, de kleuren van het water, de bewegingen tussen de bomen. Ik was vier jaar. Het waren momenten die niet voorbij mochten gaan.

Nu ben ik twintig, vandaag geworden, en ik wacht op Martha. Ik loop naar de overkant, ga op een van de twee banken zitten, rook een sigaret.

Als het half zes, weet ik zeker dat ze te laat komt. Als het kwart voor zes is, weet ik zeker dat ze het tijdstip is vergeten of dat ze denkt dat de afspraak om zes uur is. Om zes uur weet ik zeker dat ze in de buurt is, dat ze me ziet, hier op de bank. Om kwart over zes roep ik haar naam, hard, één keer, dan verdwijnt die in de natte duisternis en weet ik zeker dat ik vergeefs aan het wachten ben, dat het een belachelijke actie is, dat ze thuis in haar kamer naar die brief staart en zich afvraagt hoe ik in godsnaam kom bij wat ik schrijf, hoe ik die ouwelijke zinnen kon bedenken, hoe ik het in mijn hoofd haalde, hoe ik ze durfde op te schrijven.

Ik loop naar de Berg en Dalseweg, naar het café waar ik vaker kom. Het is zeven uur, ik vraag om bier en een glas jenever, de oude die mijn vader drinkt, uit de groene vierkante fles die hij altijd als een bouwsteen op het lage tafeltje naast zijn stoel zet en waarvan hij zegt dat die zo'n geruststellende smaak heeft. Ik vind niets geruststellend. Het is net of mijn hoofd vol zit met veel te veel gedachten die nergens aansluiting bij vinden, zeker niet bij elkaar.

Door het café klinkt 'Streets of London', een lied dat een

paar jaar geleden populair was en hier nog steeds zeker een keer of tien per avond te horen is. Misschien moet ik me nu eindelijk eens echt gaan concentreren op de nieuwe tijd. Dat betekent onder meer stoppen met de studie Nederlands, want het is daar een open inrichting, bijna iedereen is doortrokken van treurige ernst. Ik moet ook weg uit deze stad, de stad van de veiligheid van mijn ouders, van Sander, die zo haastig vertrokken is en die me achtergelaten heeft met een schuldgevoel waarmee ik niets kan, de stad van Martha, die nu al begint met me te vergeten. Gelukkig interesseert het me niet als ze met vriendinnen om mijn brief lacht, want dat doe je natuurlijk met dat soort briefjes. Ik bestel nog een keer bier en jenever, ik vier mijn verjaardag.

WEGZINKEN IN EEN HEMELSBLAUWE ZEE

Ginie

Ik moest even naar het boek zoeken, het lag onder een stapel papieren op mijn bureau. Daar liggen veel stapels papieren. Als ik dat bureau opruim, wat ik soms van mezelf moet, meestal op een maandag, verplaats ik die stapels van de ene kant naar de andere of maak ik van twee of drie stapels één. Het is niet dat ik te lui ben om me af te vragen wat er weg kan en dat dan ook te doen, nee, ik zie ertegen op te lezen of te bekijken wat ik allemaal bewaar, want ik heb dat niet voor niets gedaan. Als ik naar die stapels kijk, schiet me echter niets te binnen dat van enig belang zou kunnen zijn. Daar schrik ik dan van. Soms heb ik iets bewaard wat me kortgeleden onder ogen kwam. Wat was dat dan? Leef ik nog steeds te vlug en te vluchtig? Niet omdat het leven dat van me eist, maar omdat het de enige manier van leven is die me in staat stelt me niet door dat leven te laten overrompelen. Of er niet bang voor te worden.

Het boek zie ik ineens, *Complete Stories* van Flannery O'Connor. Voorin staat: *We weten wat geluk is, omdat we het sámen weten, V.*

V is Virginia, Ginie. Vandaag lees ik in de krant dat ze dood is. *Na een kortstondige ziekte. Vrolijk en belangstellend tot het einde. Te midden van haar dierbaren.*

Ik zie dat ze over een maand negenenvijftig geworden zou zijn, een dag voor Kerstmis. Ze is dus zes jaar jonger dan ik, ik wist het niet, we hebben het er nooit over gehad. Hoelang is het geleden dat we minnaars waren? Erg dat ik het niet meer weet, ik was alleen, dat weet ik nog wel, zij niet, zij was getrouwd met Jochem Tenhaaf, die toen hoog in de plaatselijke politiek zat en nu een vooraanstaand lid van de Eerste Kamer is, gespecialiseerd in vluchtelingenproblematiek. Als hij op televisie is, kijk ik altijd met enig ontzag naar hem, naar dat grote, energieke en van totale gezondheid blozende hoofd en die net iets te lange zilveren haardos, de zware bril alarmerend op het voorhoofd.

Eén keer vroeg ik het: 'Weet Jochem het?' Minnaars kunnen elkaar banale vragen stellen, dit is een van de banaalste.

Ginie knikte. 'Maar hij vindt het niet erg.'

'Hij vindt het niet érg?'

'Hij wil dat ik gelukkig ben en dan zegt hij: "Wij zijn

toch gelukkig?" En dan zeg ik dat we gelukkig zijn, wat ik ook vind, en dan zegt hij: "Waar hebben we het dan over?"'

'Dus hij is niet jaloers?'

'Hij zegt dat jaloezie een kinderlijke emotie is.'

'Knap,' zeg ik.

'Ik weet niet of het knap is. Hij heeft talent voor het leven. Ik ken weinig mensen die dat hebben, ja, een paar, net genoeg, maar Joch stroomt ervan over.'

En toen vond ik ineens dat we genoeg over Jochem hadden gepraat.

Ginie hoorde bij een van de rijkste families van Nederland. Ze zei af en toe dat ze liever wilde dat het anders was, want 'je moet veel te veel. De verwachtingen zijn torenhoog. Iedereen houdt elkaar in de gaten. Maar het is vooral dat stomme moeten.' Toen ik haar vroeg wat ze dan allemaal moest, zei ze: 'Veel te vaak ergens opdraven en heel goed weten wat je niet zegt en wat wel. Dat vooral. De tenen zijn lang, de oren gespitst, de ogen staan op steeltjes.'

Ik ontmoette haar na een voorstelling van een toneelstuk dat ik had geschreven. Ik meed en mijd nog steeds premières. Ik ga liever 'ergens in het land' kijken. Na afloop stond ze naast me aan de bar en zei: 'Jij bent toch...' Ze maakte haar vraag niet af en zei: 'Ach, je weet zelf ook wel wie je bent.'

Een klein jaar waren we in elkaars leven. Ze kwam één of twee keer per week naar mijn huis, altijd onaangekondigd. Ik vroeg haar nooit of ze voor mij koos, want dat wilde ik niet, en zij wilde niet dat ik het haar vroeg en wilde niet voor mij kiezen, omdat ze al zo veel jaar met iemand leefde die haar alle ruimte gaf voor een door en door gelukkig leven en de avonturen die daarvoor zorgen.

Ze was altijd een beetje nerveus en daarover kreeg ik haar vrolijk, nog vrolijker dan ze al was. Het enige wat ik hinderlijk vond was dat ze uit het niets kon gaan psychologiseren.

'Eigenlijk ben je bang. Het is niet erg, hoor, maar dat ben je wel, bang.'

Misschien vond ik het hinderlijkst wel: 'Het is niet erg, hoor.' En dan was ze nog niet klaar: 'Daarom leef je ook alleen.'

Ik vroeg waarvoor ik bang was.

'Voor alles wat te dichtbij komt.'

Het allerhinderlijkst was dat ze gelijk had.

Of: 'Waarom wil je niet op je vader lijken? Waarom verzet je je daar toch zo tegen?'

Daar kon ik niets op zeggen, ook omdat ik niet wist waarom ik niet op mijn vader wilde lijken. Misschien wilde ik juist niets liever dan dat. Ginie kende mijn vader niet. Ze had alleen een foto van hem zien hangen, naast mijn bureau, nogal hoog, een foto van mijn vader die een foto neemt, ik geloof van mij, ze had boeken gezien die hij had geschreven, en boeken in handen gehad die ik van hem had gekregen of die van hem waren geweest, Graham Greene, Albert Camus, William Faulkner – 'Waarom las je vader dat?'

'Hij zei dat hij ervan in een roes raakte.'

'Had hij een roes nodig?'

Het was altijd in de namiddag dat ze bij me was, nooit ergens anders, alleen in mijn huis, ik wist niet eens waar zij woonde, wel de buurt, of ze nu twee of drie kinderen had, ook niet waarmee ze haar dagen vulde. Het interesseerde me heus wel, maar als ik er iets over vroeg, legde ze een vinger op haar lippen, net een schooljuffrouw.

Ze was altijd vrolijk als ze kwam, ze had van die wat deftige vrolijkheid, ze leek nooit te tobben over onze situatie, die natuurlijk ook niet echt ingewikkeld was omdat haar man ervan op de hoogte was, maar volgens mij toch ook weer niet de gewoonste zaak van de wereld kon zijn, omdat de eindigheid ervan vaststond. Ik wist dat ze op een dag voor het laatst bij me zou zijn, ook al was er niets wat we ernstig storend vonden aan elkaar, ja, alleen dat gepsychologiseer, we hadden nooit ruzie of wat daarop leek.

De laatste keer dat ze er was, ik wist natuurlijk niet dat het de laatste keer was, zei ze: 'Mensen vragen weleens wat je het belangrijkste vindt in je leven. Dan moet je vooral niet antwoorden: geluk. Nee, dat je bij iemand hoort, even of voor lange tijd. Dat dát gebeurt in je leven, bij iemand horen. Dat dát is gebeurd.'

En ik dacht: en dat je leven voller wordt doordat er iemand bij je hoort die dat zegt, zo'n eenvoudige samenvatting van zo veel gedachten die alle kanten uit waaien en zich door elkaar heen slingeren. Als er iemand bij je hoort, zegt dat alles over wie je bent, omdat je ook bij die ander hoort. Wie je bent, dat weet je nauwelijks, maar soms wordt er toch iets duidelijker, soms.

Het is een donderdag in december, eind van de middag. We liggen op bed, ik op mijn rug, Ginie tegen me aan, onze lichamen zijn afgekoeld, toch trekken we het dekbed niet over ons heen. We kunnen lang tegen elkaar liggen zonder iets te zeggen. We hebben nooit tegen elkaar gezegd dat we lang niets hoeven te zeggen.

Pas na een tijdje zeg ik dat ik me de eerste sneeuw van mijn leven herinner. Dat ik voor de tuindeuren stond en mijn vader de kamer binnenkwam en ik hem rook, de sigaret die hij net had uitgemaakt, de aftershave, het was zo vertrouwd. Hij stond achter me en legde zijn armen om me heen. Hij vroeg of ik zag dat de ochtendzon zo glansde dat het net was alsof de sneeuw in licht zat verpakt.

'Een cadeautje,' zei ik.

'Ja,' zei mijn vader. 'In héél teer papier ingepakt, zo teer dat je het nauwelijks durft aan te raken.'

Ik knikte.

Mijn vader zei: 'Wat er ook gebeurt vandaag, dit heb je

gezien, je mocht het niet aanraken, maar het heeft jou aangeraakt. Snap je dat?'

'Niet met mijn handen, ik heb het niet met mijn handen aangeraakt.'

'Vanwege dat tere papier. En toch is het allemaal van jou, omdat je hier staat, ik ook, omdat wij hier staan.'

Toen was het stil, zo stil als de sneeuw en het licht, de teerheid ervan.

'De mooiste stilte,' zegt Ginie. 'Witte stilte met licht erin.'

Die stilte zit om ons heen, houdt ons voorzichtig vast, het is een stilte die heel ver van woorden is. We horen bij elkaar.

Het is uren later als Ginie zich van me losmaakt, misschien geen uren later, maar zo lijkt het, het is donker geworden, het is ook avond in deze kamer, buiten is te horen dat veel mensen naar huis gaan. Ze kleedt zich aan, ik volg haar bewegingen die ze grappig sierlijk maakt, zonder me aan te kijken.

'Ik moet naar huis,' zegt ze. Nog een keer: 'Ik moet naar huis.'

Ze loopt naar de gang en keert terug met haar tas. Ze pakt er een boek uit.

'Heb ik voor je meegenomen,' zegt ze. 'Wacht, ik schrijf er iets in.'

Ze vouwt het boek open en blijft staan terwijl ze er iets

in schrijft, het ziet er heel professioneel uit, mooi nonchalant, als een auteur die vaak gevraagd wordt zoiets te doen.

Ze geeft me het boek, ik lees wat ze geschreven heeft, ik knik, ik lig nog steeds op bed. Ze buigt zich naar me toe en kust me.

'Dag, grote man,' zegt ze. 'Dag.'

Daarna heb ik haar nooit meer gezien, ik kon haar natuurlijk bellen, zij mij, we hebben het niet gedaan, waarschijnlijk voelden we dat we dat niet moesten doen omdat we dan iets rekten wat klaar was, zonder dat we konden zeggen waarom, maar als je kunt zeggen waarom iets klaar is, is het al aan het rekken en wordt het daardoor minder. We zijn elkaar ook nooit meer tegengekomen, ik heb nooit meer iets over haar gehoord, want we hadden geen wederzijdse vrienden of kennissen.

Ineens was het later en zat ik met de opengeslagen krant voor me. *Kortstondige ziekte. Vrolijk en belangstellend. 59 jaar.*

Moest ik mezelf iets verwijten? Die vraag stel ik vaak. Behalve tranen voelde ik een kille chaos, die me benauwde. Natuurlijk wist ik niet dat die chaos er misschien ook al was omdat Sander op het punt stond weer in mijn leven te komen. Hij wás er al, maar dat wist ik gelukkig nog niet. Ik had de krant helemaal moeten lezen, niet alleen het overlijdensbericht van Virginia Tenhaaf. Maar dat deed ik niet. Ik voelde een verdriet waarmee ik geen raad wist, ook angst dat alles me ontglipte zonder dat ik wist wat het was, ik wilde die dwingende onbestemdheid kwijt. Kwam het doordat ik Ginie al die jaren niet meer gezien had, nadat het ineens onverklaarbaar was afgelopen? Wisten we iets zonder te weten wat? We zeggen vaak 'zo gaat dat nu eenmaal', misschien wilden we voorkomen dat we dat zouden zeggen. Misschien waren we geen mensen voor zulke doodlopende woorden.

Ik vroeg me toen nog niet af waarom ik geen groot ingrijpend verdriet voelde, alsof ik was verlaten of er iets voorbij was waarvan ik hoopte dat het niet voorbij zou gaan. Dat doe ik nu pas, ik ben bijna vijfenzestig en zij is dood, en ik weet zeker dat het voorbij was gegaan omdat ik de overtuiging had dat het toch ging gebeuren.

Alles doet ertoe. Iets van je leven begrijpen, is begrijpen wat het verband is tussen de gebeurtenissen waarvan je vindt dat ze ertoe doen, zonder dat je meteen kunt zeggen waarom.

Er was nog iets anders. Later.

Intuïtie

Waar ik vaak aan denk is dat er gezegd wordt dat je vlak voordat je doodgaat je leven in een paar flitsen aan je voorbijtrekt, 'als een film'. Ik probeer me daar een voorstelling van te maken en dat vind ik niet moeilijk, want die flitsen zijn er niet alleen als je stervende bent, maar het leven is zo, terwijl het dus nog volop leven is en niet een periode die spoedig voorbij is. Ik zie me zitten met dat overlijdensbericht van Ginie voor me en het eerste wat ik me van daarvoor herinner, op een lévendige manier herinner, dat wel, is dat ik door de straat loop waar Kaia zojuist uit is gereden met onze dochter die ze één of twee keer 'mijn dochter' noemde. En als ik mijn sterke herinneringen de ruimte geef, zie ik mezelf staan op dat uitkijkpunt in Nijmegen, wachtend op Martha die niet komt, waarvoor ik al bang was, maar het was net alsof ik die angst wilde uitdagen door er toch te gaan staan wachten en ik me met die vernedering wilde straffen omdat ik zo hoogmoedig was geweest te veronderstellen dat Martha blij was met de brief waarin ik had geschreven dat ik, als ik aan de toekomst van mijn leven dacht, ook aan haar dacht, dat ze bij die toekomst hoorde, dat ik dat zeker wist.

Drie momenten met een geschiedenis eromheen, flarden van mijn leven, flarden die mijn leven maakten tot wat het werd. Natuurlijk gebeurde er van alles tussendoor en dat was niet niets: succesvolle en minder succesvolle toneelstukken, een paar scenario's, korte relaties, reizen, soms zelfs naar een imponerende bestemming, maar wat het was, dééd ik, het was allemaal anders dan de gebeurtenissen die er ook waren om later terug te keren in wat ik de film van mijn leven zou noemen.

De film van mijn leven, daar gaat het later weer over. Het is trouwens een dramatische aanduiding, film van mijn leven. Maar ineens noemden we het zo, Lena en ik, Lena die ik ontmoette in de trein van Parijs naar Amsterdam. Ik was in Parijs geweest omdat een van mijn stukken in een klein theater aan de rue de la Montagne Sainte-Geneviève was opgevoerd en daarna bleef ik nog drie dagen, uitgenodigd door de regisseur, Patrick Thibaudet, een robuuste man die snel huilde, wat iedereen gewend was. Ik logeerde twee nachten bij hem en de derde in de armen van Isa Blanchard, een actrice die ik ontmoette op een diner dat Patrick in zijn huis had aangericht, met verdrietige visgerechten en een ontzettend dunne celliste met ogen vol paniek die de suites van Bach speelde, omdat Patrick had gelezen dat die bijna altijd in mijn werkkamer te horen waren.

Toen ik de kamer in kwam, herkende ik haar, de actrice, met de routineuze ongenaakbaarheid, maar wist niet waarvan en dat werd mijn sleetse openingszin, dat ik haar herkende, maar niet wist waarvan, en zij noemde de naam van een televisieserie waarvan ze zeker wist dat die ook in Nederland was uitgezonden. Ik zei dat ik nauwelijks televisiekeek en zij zei dat ik misschien toevallig een fragment had gezien, zo'n wezenloos gesprek was het, het kon ieder moment uit elkaar vallen, en ik zei na een paar minuten: 'Zullen we hiermee ophouden?'

'Graag,' zei ze. Tot dat moment spraken we Frans, ik uiteraard moeizaam en zij zo snel dat het net leek alsof het ene woord het andere moest inhalen. Daarna gingen we verder in het Engels en het hare was aantrekkelijk grappig, zoals het hoort bij een aantrekkelijke, een beetje dronken Française die een rommelig leven leidt dat uitsluitend in verhalen te volgen is.

Toen we later naar haar huis op de heuvel van Montmartre liepen, zei ze dat ze al meteen wist dat we dat zouden doen, na mijn volstrekt stupide openingszin. Ze vertelde dat iedereen haar huis het blauwe huis noemde, terwijl alleen de deur blauw was, maar dat ze dat mooi vond, want blauw was de mooiste kleur toch en dat we dadelijk zouden wegzinken in een hemelsblauwe zee, wat ik een aangenaam vooruitzicht vond, maar ook wat veel. In haar huis en armen en bed dacht ik niet meer aan die hemelsblauwe zee, maar benam de haast strenge aandacht die ze had voor al haar bewegingen me soms de adem en zei ik iets over haar huid, zout en heel zomerwarm, wat ik van haar een paar keer moest herhalen, wat vooral door mijn Frans kwam, en nog later vroeg ze me of ik een Nederlandse vertaling van een Frans lied kende en of ik dat wilde zingen en ik kwam alleen maar op 'Laat me niet alleen' en dat zong ik zacht en slecht, terwijl haar hoofd op mijn schoot lag en haar armen mijn benen vasthielden alsof ze wilde voorkomen dat ik wegliep, maar ik ging weg, het was nog vroeg, en ze vroeg of ik terugkwam en ik beloofde dat, terwijl ik wist dat mijn belofte vals was, maar ik wilde het zo graag beloven, zo graag, en daarom meende ik ook wat ik beloofde, wat een typisch voorbeeld was van het conflict tussen wie ik was en wie ik wilde zijn. In een korte dunne ochtendjas en op blote voeten liep ze met me mee naar de metro en ze bleef bovenaan de trap staan en af en toe keek ik om, ze stond daar maar en zwaaide niet, alsof ze wist wat mijn belofte betekende, en de laatste keer dat ik omkeek was ze als opgelost in het ochtendlicht van Parijs. Alles, alles doet ertoe.

Terwijl ik op Gare du Nord wachtte op de trein die te laat vertrok, dacht ik aan Sander. Dat deed ik vaak, maar nu stelde ik me voor dat hij in Parijs was en ons had zien lopen, Isa Blanchard en mij, nee, nog anders: dat ik terwijl ik daar liep, zag dat hij naar ons keek en dat ik alleen maar even naar hem knikte, in triomf om het leven dat ik leidde en dat hij niet van me verwacht had. Hij moest weg uit mijn hoofd, daar, misschien voorgoed.

Aan mijn handen, aan mijn vingers rook ik Isa en ik stelde me voor dat ik later in mijn leven, veel later zou terugkeren naar haar straat, naar haar blauwe huis en misschien zei ik wel dat ik altijd had gehoopt dat ik dat zou kunnen doen, dat het moed kostte. Aan Isa was die avond al te zien hoe ze oud zou worden en ze lachte haar lach waarvan ik die eerste avond al wist dat ik hem nooit zou vergeten. Zo'n verontschuldigende lach die toch superieur is omdat die lach vertelt wat het leven is, hoe we zo aandoenlijk ons best doen iets te betekenen wat we zo graag willen betekenen, maar dat, omdat we het veel té graag willen, in bittere schoonheid sterft.

In die melancholie was ergens ook Martha. Ze schudde haar hoofd, verbaasd. In die melancholie droomde ik tot Brussel. Daar stapte Lena in, ze kwam naast me zitten, terwijl er plaats genoeg was in de coupé. Dat benauwde me en ik vroeg waarom ze dat deed, terwijl ik om me heen wees. Ik stelde die vraag in het Nederlands omdat ze me in

Frans-Vlaams-Nederlands had gevraagd of deze plaats vrij was, geen lange vraag, maar ik wist genoeg en dat ik iets in het Nederlands kon zeggen, niet iets vriendelijks helaas.

Maar toen lachte ze, het was een andere lach dan die van Isa Blanchard, meer een lach waaruit ze kracht putte – als die lach er was, kwam de rest vanzelf, de lach was de hoop daarop. Soms verplaatste ik me van lach tot lach, ik verzamelde zo veel mogelijk soorten.

Het was de breekbare lach die me behoorlijk kon raken. En dat deed de breekbare lach op volle kracht en met die lach zei ze: 'Intuïtie.'

Ik kon niet reageren op dat woord, ze wees naar het boek op mijn schoot, een vertaalde roman van Marguerite Duras, *De pijn*, en zei dat ze zeker wist dat ik uit Nederland kwam en gokte op Amsterdam en dat ze al een paar dagen van plan was aan iemand die in Amsterdam woonde te vragen of die een tijdelijke woonplek voor haar wist, voor hooguit zes weken.

'Mijn vader leeft niet lang meer, hij woont in Amstelveen.'

'Amstelveen,' herhaalde ik geschrokken, een plaatsnaam die ik niet graag uitspreek. De neiging te vragen hoe hij in Amstelveen terechtkwam, onderdrukte ik, want dat vraag je niet over iemand die nog maar kort te leven heeft, ik wilde ook niet vragen waarom zes weken.

'Ik wil niet in die flat zijn,' zei ze.

O god, dacht ik, ook nog een flat, een flat in Amstelveen.

Ik wilde zeggen dat ik dat wel begreep, maar ik wist niet wat ik precies begreep. Ze zei veel in korte tijd, terwijl het niet veel woorden waren, maar wel woorden die een complete situatie vulden.

'Nee,' zei ik.

'Hij zei dat hij gaat stoppen. Met leven dus. Vond ik zo luchtig gezegd, "stoppen met leven".'

'Zoals stoppen met roken,' zei ik. 'En dan begint het pas.'

'Mijn vader gelooft niet dat er daarna nog iets begint. Hij vindt het niet erg. Ik vroeg: "Zal ik naar je toe komen?" En hij vroeg of ik zes weken vrij kon nemen. Hij zei dat het in zes weken wel was gepiept.'

'Zei hij het zo? Gepiept? Is je vader Nederlander?'

'Ja, maar hij heeft altijd in Brussel gewoond. Na de dood van onze moeder is hij weggegaan. Ik ben vergeten hoelang het geleden is, want het doet er niet toe. Brussel was een andere stad geworden zonder haar, zei hij.'

'Hield hij veel van haar?' Door dat te vragen kon ik het niet meer lastig vinden dat ze naast me was komen zitten. Als je zoiets vraagt, ben je geen vreemden meer voor elkaar. Dan heb je al wat met elkaar te maken.

'Ze hielden veel van elkaar. Door hoe ze van elkaar hielden, leerde ik van het leven te houden, leerde ik dat het leven de moeite waard is.'

‘Dat is soms een heel karwei.’

‘Wat zeg je?’

‘Leren dat het leven de moeite waard is.’

‘Vind je dat dan niet?’

‘Vind ik enorm.’

‘Enorm?’

‘Met volle teugen vind ik het leven de moeite waard.’

‘Gelukkig. Ik ben altijd blij dat te horen. Mijn naam is Lena.’

Ik noemde mijn naam, ik vond dat ik nog iets zeggen moest over wat ik bedoelde met dat ik het leven met volle teugen de moeite waard vond. Veel te vaak ben ik bang dat ik niet begrepen word en daarover kan ik niet denken: wat kan mij het schelen?

‘Maar ik bedenk mijn leven zelf,’ zei ik en ik vond dat ik zoiets niet kon zeggen tegen iemand die ik pas een kilometer of tachtig kende. Ze keek me aan, ik zag dat ze nadacht over die woorden, ik zag dat ze zich afvroeg of het aan haar lag dat ze me niet begreep.

Ik zei: ‘Ik weet niet hoe ik het moet uitleggen.’ Maar was ze wel van die uitleg gediend? Op weg naar haar stervende vader kwam ze te zitten naast een volslagen vreemde die zei dat hij het leven dat hij zelf bedacht de moeite waard vond.

Ze ging niet weg. Ze had haar intuïtie.

Ik zei dat ze bij mij op zolder kon blijven slapen. Zelf

woonde ik op de tweede etage. De zolderkamer was op de vierde, naast die van de andere bewoners.

'Je hebt een eigen opgang. Je hebt geen last van me.' Nog steeds zeg ik soms iets wat je net zo goed niet kunt zeggen. Hoezo last? Wat voor last? 'Het is niet groot, maar wat je nodig hebt, is er, bed, stoel, tafeltje, er is een wc op de gang. Je hebt geen douche, maar je kunt bij mij douchen, ik geef je een sleutel.' Daar wilde ik bij zeggen: ik vertrouw je. Ik had behoefte dat te zeggen, ik zeg graag tegen mensen dat ik ze vertrouw – áls ik ze vertrouw. Het is een dierbaar woord om uit te spreken. Net zo dierbaar als zeggen dat je voor elkaar zorgt.

'Dank je,' zei ze.

'Kon je makkelijk vrij nemen?' vroeg ik.

'Ja,' zei ze. 'Ik mag doen met mijn tijd wat ik wil.'

'Eigen baas,' zei ik.

'Ik heb een klein theater waar mensen films zien die nergens anders te zien zijn. Een vriendin neemt het nu over. Het is niet veel werk, het is niet groot.'

'Wat voor films laten jullie zien?'

'Bijvoorbeeld van de filmacademies, Engelse en Franse, ook Vlaamse natuurlijk.'

'Ook Nederlandse?'

'Ja, niet vaak. Ze maken er altijd zo'n, hoe noem je het?'

'Zo'n toestand van.'

Het begon steeds harder te regenen, zo hard dat het bij

Roosendaal net was alsof de trein zich de hele tijd uit de regen wilde losmaken, ervoor wilde vluchten. We lazen, we keken vaak naar buiten, soms naar elkaar.

Ik moet dat uitleggen

Lena had een voornaam gezicht dat tegelijkertijd nonchalant aandachtig was. Ze glimlachte vaak, ook als ze in gedachten was, wat dikwijls gebeurde, het was net alsof zich in die gedachten langzaam iets komisch manifesteerde en ze zich vrolijk verweet dat ze dat niet eerder in de gaten had gehad. Meestal bewoog ze zich alsof ze een houding moest vinden en zich ervan bewust was dat ze daarbij bekeken werd. Dat deed ik, soms. Dan keek ze me aan, met een schuin hoofd, en licht spottende mondhoeken. Af en toe danste ze zonder dat er muziek aanstond, de armen gespreid, zoals ik vroeger de bewegingen van een vliegtuig nadeed. Ze had iets tengers, maar als ik haar aanraakte, voelde ik meteen dat ze stevig was, een vechter.

We kregen geen verhouding, maar wat is dat eigenlijk? Ze was bijna altijd bij me, haast nooit op de zolder die gerieflijk was ingericht – 'knus' zei mijn moeder toen ze er lang geleden was gaan kijken. Ik herhaalde daar min of meer mijn kamer uit mijn ouderlijk huis. Toen ik besefte dat ik de ruimte zo inrichtte, hoorde ik Sander boven me, in zijn kale kamer, met alleen de foto van Bob Dylan die opviel. Ineens zag ik hoe de foto leek op hoe Sander keek. De woede die je voelt als je je ver weg van alles waant, als je niet meer weet hoe je om moet gaan met het belang van alles om je heen. Hij wist niet wat hij met me moest en ik kon ook niets betekenen wat maakte dat dat anders kon worden. Het was net alsof hij dat vermogen dood had gemaakt. Misschien had ik het zelf gedaan. Misschien moet die betekenis in je groeien. Misschien is daarom ook Lena bij mij.

Ze sliep naast me, we hadden geen seks, lagen wel dikwijls in elkaars armen, onze manier om voor elkaar te zorgen. Herhaalde ik Patricia Kolk, aan wie ik na die avond al snel nauwelijks meer dacht? Ik voelde lichte verslaving aan haar zachte aanwezigheid. We hadden het nooit over hoe we met elkaar omgingen. We zagen in die paar weken veel films, vooral Franse met gestoorde mensen, lazen soms dezelfde boeken. Als ik aan het werk was aan mijn bureau voor het raam aan de voorzijde van het huis, met uitzicht op het kleine park, merkte ik niet dat ze er was, maar ik merk nooit iets van mijn omgeving als ik aan het werk ben. We aten meestal in een van de goedkope restaurants in de buurt. Ik kookte nooit voor mezelf, omdat dat me verveelde, dus ook niet voor ons samen. Zij af en toe, Italiaans. Ik zei dat ik van hartig eten hield, zij zei dat dat goed uitkwam.

Wat ze veroorzaakte, zonder dat ik wist hoe, was dat ik me meer op mijn gemak voelde in mijn leven. Toen ik dat eens tegen haar zei, voegde ik eraan toe: 'Ik moet dat uitleggen.'

'Waarom?'

'Dat denk ik.'

'Waar komt die gedachte vandaan?'

'Dat weet ik niet.'

'Dan moet je het ook niet willen uitleggen. Dat hoeft niet.'

Ik gaf toe dat alles wat ik erover zou kunnen zeggen veel te dramatisch klonk.

'Hoezo dramatisch?' vroeg ze. 'Als je iets probeert duidelijk te maken, kan het toch nooit dramatisch zijn. Je meent het toch? Anders probeer je het niet duidelijk te maken. Aanstellerij is dramatisch, leugens ook.'

Typisch een moment waarop ik wilde zeggen dat wat ze nu zei me het gevoel, nee, niet het gevoel, de zékerheid gaf dat even alles veilig was. Niet alles, ik. Ik herkende mezelf weer, dát was het.

'Het is vaak alsof er tussen mij en alles en iedereen iets overbrugd moet worden voordat ik er dichtbij kan komen.

En dan denk ik na over die ruimte en sta ik te kijken alsof ik er niet ben. Ik zie mezelf: iemand die er niet is, want hij is weggezonken in gedachten over een ruimte die er waarschijnlijk ook niet is, maar alleen in zijn hoofd bestaat.' Ik zette alles wat dramatisch kon klinken overboord, ik bedoel dat het best dramatisch kon klinken, vast, maar ik trok me er niets van aan, ik minachtte mijn schaamte. 'Ik weet niet hoe ik moet leven, Lena. Mijn ouders zeiden altijd dat ik edelmoedig moest zijn, altijd, bij alles, bij iedereen. En ik geloofde hen. Niet te veel oordelen, geen harde confrontaties veroorzaken of opzoeken. Altijd edelmoedig. Ik snapte wel wat ze bedoelden en ik wilde ook zo zijn. Ik had een broer, een pleegbroer, aan wie ik zo graag had willen laten zien dat ik edelmoedig was. Maar hij had er lak aan! Ik wilde een vrouw veroveren door haar te laten merken dat ik edelmoedig was. Maar zij wilde er, geloof ik, niets van weten, niets van mij weten. En er was ooit een moment dat ik zeker wist: als ik met die edelmoedigheid van me met iemand verder kan, is zij dat wel. Ik geloof dat ik me belachelijk maakte. Nu misschien ook wel, nu ik dat vertel. Mijn ouders hebben mij, met hun liefde voor het leven, hun leven, het leven om me heen, ongeschikt gemaakt voor het leven. Dit is de eerste keer dat ik het zeg, dat ik de enige woorden uitspreek die ervoor zijn: ik ben ongeschikt voor het leven. Als puber kun je in zoiets zwelgen, maar hoe oud ben ik nu?'

Zo lang had ik niet eerder over dit soort dingen gepraat.

'Hoe te leven?' zei Lena. 'Ja, hoe te leven?'

'Ik kan niet tegen cynisme,' zei ik. 'Ik blijf altijd verwachten dat mensen die ik edelmoedig bejegen ook edelmoedig tegen mij zijn. Ik kan tegen heel weinig. O, wat is het zielig, het is zo godvergeten zielig, zo belachelijk zielig! Zo onwerkelijk zielig!'

Ik leunde achterover, theatraal, misschien om alles lachwekkend te maken, alles wat ik op dat moment was. Lena liep naar de geluidsinstallatie en zette muziek op, iets wat ik niet kende, een piano en een vrouw met een hoge, ijle stem die toch vol klonk.

Ik herinnerde me een middag in de zomer, hoe oud zou ik zijn geweest? Tien, misschien elf, niet ouder. Het was een hete namiddag, ik zat op het gras onder de bomen in een flauwe bocht van de rivier, die daar wat smaller leek. De hitte maakte het water onbeweeglijk en dof. Er kwamen een man en een vrouw aan, ze hadden beiden witte kleren aan, zij een jurk die gracieus de bewegingen van haar lange benen liet zien, de jurk had geen mouwen, zakte over haar linkerschouder. Ja, ze was lang en tenger. Hij liep voor haar uit en droeg een koelbox. De vrouw liep naar het water, liet in een geheimzinnige soepele beweging de jurk van zich afglijden en liep verder, het water in, ze ging op haar hurken zitten, maakte haar armen en borsten nat en liet zich vooroververvallen, ze zwom een paar slagen en riep iets naar de man, iets in het Frans, een taal die ik niet kende maar waarvan ik wel wist hoe die klonk. Haar stem was heel ijl. Hij riep terug: 'Straks. Straks misschien.' Ze zwaaide. Zij sprak Frans, hij Nederlands, maar ze verstonden elkaar. Hij riep: 'Met Kerstmis zijn we weer terug!'

Ik voelde dat mijn adem diep schuurde toen ze uit het water kwam en ze haar haar naar achteren trok en uitwrong. Het water glom op haar lichaam. Ze ging naast de man zitten, in het warme gras, ze leunde tegen hem aan, hij maakte de koelbox open en trok er een fles witte wijn uit. Ze dronken uit de fles, eerst hij, daarna zij. Ze keken naar het water, naar het licht in het water dat ondanks dat licht toch dof bleef en onbeweeglijk, bijna onbeweeglijk, de rivier stroomde ingehouden. Ik keek naar ze en ineens voelde ik tranen in mijn ogen, ik kon die niet verklaren. Het was geen verdriet, maar opluchting zonder dat ik wist wat me opluchtte. Het had ook te maken met de woorden 'Met Kerstmis zijn we weer terug', het leek zo ver weg van deze namiddag, in de verstillende hitte die je tot in je hoofd voelde.

Waarom herinnerde ik me dit? Misschien omdat ik niet alles hoefde te begrijpen wat ik zag, dat ik daar toen achter kwam, mijn ontroering daarover, dat er altijd een afstand is tussen alles en iedereen en dat je soms weet dat die afstand het leven is, jouw leven, dat er nog van allerlei ander leven is dat er alleen maar toe dient te camoufleren dat wat echt van belang is, niet valt te begrijpen. Alles gebeurt en gebeurt maar, alles raakt me aan; ik kijk op en het is alweer weg.

Lena stond nog steeds bij de geluidsinstallatie en keek naar me, ik dacht: ze houdt van me.

Het zou gaan onweren

Het waren niet eens zes weken, haar vader overleed in de vijfde week. In de tweede week vroeg ze of ik met haar mee wilde gaan, naar hem. Ze had me nauwelijks iets over hem verteld. Hij had in het onderwijs gezeten, klassieke talen, was na twintig jaar gestopt op de dag dat hij lesgeven werk vond dat zich herhaalde, hij hóórde zichzelf, dezelfde grapjes, dezelfde geraffineerde overgangen, de opgestoken vinger op dezelfde momenten, de voorkeuren voor leerlingen. Hij hoefde het niet voor het geld te doen, want zijn ouders, haar grootouders waren vermogend geweest, 'zaten in het hout'. Maar geld interesseerde hem niet. 'Hij had echt geen zin eraan te denken. Hij wilde niet eens naar een bank om over geld te praten.'

'Maar waarom dan toch een flat in Amstelveen?'

Ze haalde haar schouders op. 'Vraag het hem. Ga een keer met me mee.'

'Maar toch niet om te informeren waarom hij in Amstelveen is gaan wonen? Nee zeg. Dat mag echt niet bij de laatste vragen van zijn leven horen.'

'Doe wat je wilt,' zei ze. 'Ook als je bij hem bent.'

Ik ging met haar mee, op een vrijdagmiddag. Het zou gaan onweren, maar dat deed het niet. Dat het in de lucht hing, was voelbaar. Je rook het ook. In de tram vroeg ik haar hoe oud haar vader was.

'Nog jong,' zei ze. 'Net geen zeventig.'

Ze zei dat 'het in zijn darmen zat' en dat ze niets meer voor hem konden doen. Ook dat hij van een bevriend arts 'het materiaal' had gekregen waarmee hij met leven kon stoppen, en dat hij dat bij voorkeur alleen deed, op een helder moment, want zo te sterven was zijn manier van leven. Dat laatste waren Lena's woorden.

Ik was erop voorbereid dat zijn flat naar oude mensen zou ruiken, naar wat oude mensen koken en wat dat met hun geur deed als ze dat een paar keer per week aten, maar dat was niet zo, het was alsof je een geheimzinnige ruimte binnenkwam waar nonchalant de geur van uitheemse bloemen hing en waar zachte pianomuziek klonk, ik meen van Philip Glass.

Het was een ruime flat. De deuren die we passeerden om in de huiskamer te komen, waren gesloten. Daar, in een oase van witte leegte, zat haar vader in een lage, bijna de grond rakende fauteuil, hij had een donkerrode kimono aan. Hij zag er jong uit. We gaven elkaar een hand en ik wilde mijn naam noemen, maar hij onderbrak me meteen: 'Lena heeft je komst aangekondigd. Aan het einde van mijn leven wil ik geen overbodigheden meer.' Dat laatste zei hij lachend, gelukkig niet met de parmantigheid van mensen die alles in de hand denken te hebben, die je 'niets wijs hoefde te maken'.

Mooi, dacht ik.

Hij zei: 'Ik ben je zeer erkentelijk dat je Leentje onderdak biedt.'

'Nou ja, onderdak.'

'Je vraagt je nu af waarom het niet hier had gekund, maar ik wil zo veel mogelijk alleen zijn. Ik ben mijn leven terug aan het halen, ik rijg de momenten als kralen aaneen, om het maar eens met een plechtige gemeenplaats te zeggen. Het lijkt veel langer dan ik tijdens het leven dacht. Wonderlijk is dat. Alsof de herinnering alles vertraagt. Dat is niet altijd zo, maar nu wel, in deze dagen. Je hoort het vaak, dat het leven wordt opgedeeld in seizoenen. Ik vond dat altijd wat sentimentele mooimakerij, maar nu vind ik echt dat ik aan het einde van de winter ben beland. Ik ben van alles aan het opbergen. Mijn hoofd zit vol stemmen. Ik heb veel mensen gekend, maar in de meeste heb ik me vergist. Ik geloofde naïef en soms rotsvast in de beloftes van vriendschappen, maar daar vergis je je vaak in. Wat er van die vriendschappen overblijft, is dat je die vergissingen een plaats probeert te geven, zo genereus mogelijk, zo barmhartig mogelijk. Ik probeer mezelf die vergissingen niet kwalijk te nemen. Dat is een taak die ik mezelf heb opgelegd. Misschien mijn laatste.'

Zo is het wel even genoeg, dacht ik, maar misschien is het niet buitengewoon zo te praten als dat allemaal in je hoofd zit, wanneer je op het punt staat met je leven te stoppen. Aan die situatie, nou ja, situatie, had ik nog nooit een gedachte besteed. Is het belangrijk dat je leert je niet meer in jezelf te vergissen? Of kan dat helemaal niet en weet je al heel lang niet dat dat niet kan?

Hij leek me geen man die zich vaak vergiste of liet misleiden. Hij zag dat ik dat dacht. Hij had vrolijke, uitnodigende ogen.

'Weet je, iedereen kiest uiteindelijk voor zichzelf en dat doe je niet omdat je dat de beste keuze vindt, maar je kunt niet anders, op de momenten die me nu gegeven zijn. Je moet natuurlijk ook voor jezelf kiezen, altijd, maar óók voor een ander, óók. Dat laatste is in belangrijke mate je leven. Daar is moed voor nodig. Door ook voor anderen te kiezen, geef je iets weg waarvan je niet weet of je het terugkrijgt, nee, of je wel íéts terugkrijgt. De meeste mensen kunnen die moed niet opbrengen. Dat valt ze niet aan te rekenen, die zwakte. Maar daar kunnen ze dus ook voor kiezen, voor die zwakte. Dan is het ze wel aan te rekenen, of je moet hebben besloten dat je niemand nooit iets aanrekent. Zo'n besluit kan in je karakter gaan zitten. Maar nu, de anderen zijn er bijna allemaal niet meer. Ik heb dus makkelijk praten als ik zeg dat ik voor mezelf kies.'

Ik had niet in de gaten dat Lena even weg was. Ze zette glazen water voor ons neer, haar handen bewogen voorzichtig.

'Papa had ooit veel vrienden,' zei ze. 'En dat werden er in de loop van zijn leven steeds minder, want je kunt niet te veel vriendschappen onderhouden. Er bleven er twee over.'

'Onderhouden, dat is het woord,' zei de vader. 'Vriendschap is een groot geschenk als die begint en het echt vriendschap blijkt. Maar dat begin gaat uiteraard voorbij. Dan is onderhouden een van de doelen in je leven. Twee vrienden zijn op den duur best veel.'

Ik vroeg niet of die er nog waren. Over alles wat hier werd gezegd, moest ik diep nadenken, nee, dat moest niet, ik wilde het. Als hij iets over die twee overgebleven vrienden wilde zeggen, deed hij dat wel. Ik ging slecht met mijn vrienden om, omdat ik slecht met mezelf omging.

Weer besefte ik dat iemand die zo praatte als de vader van Lena iets pedants kon hebben, maar dat had hij niet. Hij sprak vanuit een sterke rust en het was aan hem te merken dat hij zijn best deed die vast te houden, anders zou waarschijnlijk alles uit zijn handen vallen, alles wat er van zijn leven was overgebleven. Ik wilde ook meer vasthouden dan ik deed, maar ik wist niet of ik dat kon.

'Het eten heb ik op het aanrecht gezet,' zei Lena.

Dat was de kartonnen doos die op weg hierheen op haar schoot stond. 'Als een kerstpakket,' zei ik. 'Mensen zitten daarmee altijd op schoot alsof ze doodsbang zijn dat iemand het van ze afpakt. In december vind ik dat altijd zo'n onthutsend gezicht.'

'Dat maakt u zelf klaar?' vroeg ik.

Hij sloeg geen acht op deze vraag, hij zei: 'En natuurlijk probeer je al die momenten een betekenis te geven en te kijken of al die betekenissen veel met elkaar te maken hebben. Misschien kun je dan op een gegeven moment zeggen: ja, dit is het dus, de betekenis van wat mijn leven was, dit heb ik eraan gehad.'

Zijn woorden stemden me nogal weemoedig. Als je het zo zei, was het net alsof het een paar zinnen waren die er over een leven te zeggen waren, een paar woorden. Misschien was dat ook wel zo. Misschien bedoelde mijn vader dat toen hij zei, wijzend op een boek van Albert Camus, dat wanneer je voor het leven koos, je moest accepteren dat het een absurde gang van zaken was. Dat moest je zinvol maken, een favoriet woord van mijn vader: zinvol.

Ik dacht: wat gebeurt er veel, ook in het leven van de vader van Lena moet er ontzettend veel gebeurd zijn, werkelijk ontzéttend veel, en misschien is dat allemaal in een paar zinnen samen te vatten, als je jezelf de rust gunt dat te doen. Die rust was hier. Alles was rust. Ook de vader zelf, zijn blik, zijn gebaren, hoe hij Lena af en toe aanraakte. Welke betekenis had zij in zijn leven? Dat moesten toch meer dan een paar woorden zijn? Of was dat ook zo: zelfs voor de mensen die je intens liefhebt, zijn een paar zinnen genoeg?

'Ik ben erg moe vandaag,' zei hij. 'Ik krijg haast tranen in mijn ogen van vermoeidheid.'

'Ik kom morgen toch terug, papa,' zei Lena. Ze keek hem vragend aan.

'Ik waarschuw je wanneer het zover is,' zei hij.

Dat was het woord voor stoppen met het leven: zover. Dan kun je niet meer verder.

We gaven elkaar een hand, Lena's vader en ik. Het was onwaarschijnlijk dat we elkaar nog eens zouden zien. Ik had de behoefte de hand van deze voorbijganger even vast te houden. Hij glimlachte geraakt. Ik ook.

Geen overbodigheden

Op de terugweg zweeg Lena. Het onweerde nog steeds niet. Er hing een spanning in de lucht waarover niets te zeggen viel. Iedereen had haast.

Wat had ik mijn vader nog willen vragen toen hij stervende was? Toen niets, en nu, zo veel jaren later? Wat wist ik niet wat ik had moeten weten? Wat kon ik over hem vertellen, hoe maakte ik duidelijk wat hij voor mij had betekend? Wat was het raadsel waarmee hij me achterliet, het effect van dat raadsel? Dat ik niet wist wat ik had moeten willen weten? Het raadsel is ook dat je een andere zoon bent als je vader er niet meer is. Vader en zoon zijn dan alleen nog maar woorden.

Ik had hem iets willen vragen over mensen die vaak bij ons thuis waren en ineens niet meer. Ook iets, meer dan iets, over Sander, over de gesprekken die hij met hem had.

Of hij nog wat van hem gehoord had, later. Waarom wij, hij en ik, het niet vaker over hem hadden? Of hij wist hoe ik over hem dacht, over wat ik voor hem probeerde te zijn? Of hij snapte hoe ik erdoor veranderde? Hoe dat kon? Of hij snapte dat ik Sander belangrijk vond zonder dat ik zelf wist waarom?

Een week later was de vader van Lena dood. Hij stierf alleen, dat wilde hij. Lena wist natuurlijk dat het gebeurde, laat in de namiddag. Ze ging die middag weg, ik wist niet waarheen. In de vroege avond belde ze. Dat ze in haar vaders huis was en dat ze daar vanavond en morgen bleef om van alles te regelen. Ik vroeg of ik haar moest helpen, maar dat wilde ze niet.

'Ik ben al een tijdje bezig met deze gebeurtenis, ik weet wat me te doen staat.'

De avond voor de dag van de uitvaart was ze er weer. Ik vroeg of ze er klaar voor was, wat me meteen speet, niet alleen omdat het zo'n slappe vraag was, maar vooral omdat natuurlijk niemand ergens klaar voor kan zijn. Hoe kun je klaar zijn voor iets waarvan je niet weet hoe het is, je kunt er een vermoeden van hebben, maar het meeste is anders dan je dacht.

In de krant stond een sobere rouwadvertentie. Ik las voor het eerst zijn naam: Max Stach. Lena heette dus Stach.

Alleen haar naam stond eronder. Rechtsboven een dichtregel:

(...) How do you see so deeply
In darkness?

Yusef Komunyakaa

'Wie is Yusef Komunyakaa?' vroeg ik.

'Een Amerikaanse dichter. Papa hield erg van zijn werk.'

'Ik heb nog nooit van hem gehoord.'

'Wat doe dat ertoe? Zullen we even in papa's geest zijn en geen overbodigheden opdissen?'

Ze zei het niet geïrriteerd, maar ik besloot op mijn woorden te letten.

'Het enige wat ik nog zoek is een opname van het *Stabat Mater* van Pergolesi.'

'Dat lieten ze ook horen bij de crematie van mijn vader!' zei ik verrast.

'Sommige vaders hebben iets gemeen, denk ik. Dat hun kinderen voor hetzelfde kiezen.'

'Hij heeft er niet om gevraagd?'

'Hij heeft nergens om gevraagd. Ik vroeg of hij iets wilde. "Ik zou het niet weten," zei hij. Ik wil het namens hem. Zelf hoop ik tegen die tijd genoeg te weten.'

'Komen er veel mensen?'

'Kom jij?'

'Ja natuurlijk. Wat een vraag.'

'Dan in ieder geval drie. Ik reken op die twee vrienden. Misschien mensen van vroeger, geen idee. Mensen van school misschien, van toen.'

Het waren er zo'n dertig. Lena vertelde over zijn leven terwijl er op een projectiescherm foto's te zien waren, telkens een paar seconden. Ik zag hem als lachend kind voor een huis bij een bos, als jongen, stoer en zelfverzekerd met een stapel boeken onder zijn arm, met een vrouw, waarschijnlijk zijn vrouw, de moeder van Lena, een vrouw vol vrolijke initiatieven, dat was op die foto goed te zien, met Lena als baby op zijn arm, vakantiefoto's, waarschijnlijk moet ik zeggen: foto's van reizen. Dat waren de meeste, Japan, India, Schotland, Spanje, vaak in bergen, hoog. Het *Stabat Mater* had al aan het begin geklonken. Lena had na het levensverhaal gezegd dat Max een vader was die niet dood was, maar in haar hart verderging met het leven, met alles wat ze van hem geleerd had, dat het zo gaat met dierbare doden, dat ze daarom niet dood zijn. Zoiets is natuurlijk vaker gezegd, maar dat is niet erg. Er zijn nu eenmaal momenten die om dezelfde woorden vragen, omdat er geen andere voor zijn, ja, als je er lang over nadenkt, maar dat staan die momenten meestal niet toe. Wat waar is, kan niet vaak genoeg worden gezegd. Toen zei ze: 'Bedankt, lieve,

lieve papa.' Daarna klonk Schuberts *Fantasie in F minor* en liep iedereen langs de kist. Een kwartier later stonden we weer buiten. Na afloop was er geen gelegenheid 'elkaar te ontmoeten', zoals dat zo tuttig heet. Lena had er geen behoefte aan. 'Als zij nog over papa willen praten, doen ze dat toch wel. Dat kan overal. En ik hoef verder niemand te spreken. Ik ken niemand en waarom zou ik iemand een paar minuten willen kennen om elkaar daarna nooit meer te zien. Wat papa zei: geen overbodigheden.'

Niet te herhalen

We lopen langs de rivier. Het waait, waardoor de geur van het water en het groen eromheen versterkt wordt, de wind laat die geur niet met rust. De stad lijkt ver weg. Als je net afscheid hebt genomen van een overledene is het alsof je even geen verbinding hebt met het leven daar, in een stad waar veel te veel anders aan de hand is, waar levens voortgaan.

Hoelang duurde het verhaal dat Lena over haar vader vertelde? Nog geen tien minuten, denk ik. En ondertussen zagen we foto's uit dat leven, misschien een stuk of vijftig. Dat was het dan. Het gestopte leven. Zo is het samen te vatten.

Hoe kijken de mensen ernaar die hem tijdens zijn leven gekend hebben, hoe luisteren ze naar de woorden die over hem gezegd worden? Alles ontroert me op zo'n bijeenkomst, het vluchtige, het kleine, alles wat verdwijnt. Natuurlijk lig ik zelf ook even in die kist. Geen idee wie er iets zegt, welke foto's er worden vertoond, wie er zijn. Ja, mijn zusje. Hoop ik op Sander? Zit Martha ergens? Gaan ze na afloop samen weg, ergens iets drinken of eten, besluiten ze samen iets met de rest van hun leven te doen? Hoe denkt Martha aan me terug? Waarom heb ik achterwege gelaten, later in onze levens, haar duidelijk te maken wat het was toen, en hoe wat het was bleef, omdat ik het wilde koesteren, zoals mensen hun geloof in God of iets anders koesteren? Ik had toch niets te verliezen.

Maar ik was er nog, ik maakte mee hoe er over iemand werd gesproken die ik niet kende. Het leek me een kleurrijke man, die vader, maar zijn kleuren waren al aan het verbleken in de trotse schemering van de eeuwigheid. Wie kon er nog iets over hem zeggen, wie zou dat nog doen binnenkort?

Lena pakt mijn hand vast. Voor het eerst doet ze dat terwijl we lopen. Een stamelend gebaar.

'En straks ga ik terug,' zegt ze. 'Terug naar Brussel. Naar huis. En dan zien we elkaar niet meer.'

'Dan zien we elkaar niet meer?' Het is zo overrompelend wat ze zegt dat ik niet eens schrik.

Ze knijpt in mijn hand en schudt haar hoofd.

'Ik tuimelde je leven binnen en nu verdwijn ik weer. Mijn

tassen heb ik al gepakt. Ze staan klaar in de gang. Thuis is niet alleen mijn huis, maar ook mijn man. Robert heet hij. En nu denk je: waarom was die Robert niet bij het afscheid van mijn vader? Wel, ze hadden niets met elkaar, niets. En hij hield ook niet van overbodigheden. En jij denkt nu: hij had toch voor haar kunnen komen? Maar dan moet ik dat willen en ik wilde het niet. En jij denkt nu: waarom heb je niets over hem verteld? Dat weet ik niet en ik weet ook niet of ik het erg vind dat ik dat niet weet. Het is zo. Ik heb hem niet verborgen, ik heb hem niet onthuld. Ik had jou, ineens had ik jou. Je hebt veel voor me betekend, geloof me. Maar ik ben ervan overtuigd dat je de betekenis die je voor elkaar hebt niet altijd kunt uitsmeren over veel meer tijd dan die we samen belangrijk vonden en daarom hadden – dát is de betekenis van de tijd hebben. Dit was het. Het is niet te herhalen, want dat zou het alleen maar minder bijzonder maken. Wat bijzonder is, maakt alles de moeite waard. Ook later, als jij aan me terugdenkt, als ik aan jou terugdenk. Je hoeft niet je best te doen de herinnering op te roepen. Die is er gewoon. Je hoeft er niet eens aan te denken. Die herinnering hoort zo bij jou, het is wie je bent. Word je er niet rijk van dat te beseffen? Dat die herinnering er is, dat we die herinnering gemaakt hebben, wij tweeën. Herinneringen zijn wie je bent, en wij hebben er samen een paar, ze zijn van ons. Begrijp je?'

Ik knik. Zelden begreep ik iets zo goed als nu. Ik weet

alleen niet wat ik moet zeggen. Wat het was, is het. De waarheid van wat ze zegt ontroert me nog meer dan het naderende afscheid. Het komt niet eens in me op iets over die man, die Robert, te vragen wat hij ervan vindt dat Lena een maand bij hem weg is en met iemand leeft die hij niet kent. Het doet er niet toe. Wat ertoe doet, is dat je zo met elkaar omgaat, kúnt omgaan.

'Het is onmogelijk,' zeg ik. 'Het is onmogelijk dat ik je nooit meer zal zien.'

Lena knikt. Ze heeft mijn hand al losgelaten.

'Toch zal het gebeuren,' zeg ik.

'Ik weet zeker dat het niet zo is, maar het kan zijn dat ik vind dat ik dat zeker moet weten,' zegt ze. 'Ik weet niets zeker, maar daarmee is nauwelijks te leven. Ik weet het zeker.'

'Toevallig. Dat we elkaar toevallig weer zien. Dat zou kunnen.'

'Soms is het leven zo groot dat het zelfs het toeval belachelijk maakt.'

'Wil je dat nog een keer zeggen?'

Ze zegt het nog een keer.

Dan staat ze stil.

'Misschien is dit het,' zegt ze. 'Ik ga naar je huis. Jij komt iets later en dan ben ik weg. Zo kan het gaan: er iets later zijn en dan ben ik weg. Misschien is dat het beste. Ik zeg niet het makkelijkst. Maar het beste.'

‘Het beste,’ herhaal ik. Ik kan er niets aan toevoegen, ik kan het alleen maar herhalen.

We staan tegenover elkaar, we kijken elkaar aan, ik zie mijn gezicht in haar ogen, zij misschien het hare in de mijne. Dan de omhelzing, dan onze wangen die elkaar raken en dan nog een keer, dat, en dan wij die elkaar loslaten en dan de verandering die dat is en dan zij die van me wegloopt, eerst achteruit, maar dan zij die zich omdraait, een bruuske beweging, en op weg gaat naar alles wat ver weg is, ergens in het grote, grote leven.

Het is een gebeurtenis, iemand nooit meer zien. Dat dacht ik toen ik haar bij me vandaan zag lopen, ik weet niet waarheen, ineens was ze weg, zag ik haar niet meer, en kwam de stad in de verte dichterbij, het leven daar, het leven dat ik hoorde, de onrust erin, de chaos: het is een gebeurtenis, iemand nooit meer zien. Zijn dat de gebeurtenissen waar je uiteindelijk in verdwaalt?

HARDE REGEN

Niemand laat je met rust

Toen ik Kaia voor het eerst zag, in het kleine park aan de overkant, probeerde ze een hond in bedwang te houden die in de vijver wilde springen. Aan de hond was te zien dat die dat met een spectaculaire boog wilde doen, de vijver moest ervan lusten, de bedaarde stilte in het park ook.

'Je laat het!' riep ze vrolijk. 'Je laat het!'

Ze zag er vreemd uit, een pet die ze ver over haar hoofd had getrokken, zonnebril, appelgroene sjaal over de onderkant van haar gezicht.

Ik liep naar haar toe en trok met haar de hond weg van het water, wat niet zomaar kon. Het was een nogal compacte zwarte hond, met lichtgrijze accenten, een olijke reclame voor frisse buitenlucht en uitdagende plekken in de vrije natuur. Ze vouwde de riem dubbel en trok hem van de vijver weg. De hond verzette zich, maar terwijl zij trok, liep ik vlak achter hem. Bijna tegen hem aan, hij voelde dat hij geen kant op kon. Vlak bij de uitgang gaf het dier zijn verzet op. Hij ging erbij zitten alsof die weerstand er niet was, alsof iedereen die dat verzet verzet vond zich behoorlijk aanstelde.

'Dank je,' zei ze. 'Hij is niet van mij. Ik pas zolang op hem.'

'Een heel werk, zie ik.'

'Dat doet hij nooit.'

'Misschien schrok hij van mij,' zei ik en meteen dacht ik: niet van die slappe grapjes maken.

'Nou, er valt niet veel te schrikken,' zei ze. Het was niet duidelijk of dit een vaag compliment of een vonnis was.

'Dank je,' zei ik.

Soms had ik dat, ik heb het nog steeds: dat de wereld om me heen langzaam verdwijnt, van me wegvloeit, misschien is dat het woord, alsof die weggespoeld wordt, en ik in het centrum sta van iets waarvan ik niet weet wat het is. Ik durf niet meer om me heen te kijken, bang dat de leegte me gek maakt. Ik denk dan koortsachtig aan alles wat me te doen staat, in de hoop dat die plannen en vooruitzichten gaan vullen wat er niet meer is, daarvoor in de plaats komen, teugels zijn waaraan ik even moet trekken om voorwaarts te gaan, enórm voorwaarts. Ik kan me niet bewegen. Ik durf bijna niet te ademen, bang dat de zinloosheid me verstikt. Ik zoek in mijn krampachtige gedachten naar beelden die me vertrouwd zijn, altijd kleine gebeurtenissen in mijn vroege kindertijd, altijd met mooi zonlicht, altijd met mijn moeder die me aanraakt, een klein gebaar, altijd een landschap met lange brede paden, met aan weerszijden bomen, in de verte een huis, waarvan de ramen openstaan, ik hoor geen muziek, natuurlijk niet, maar ik zie dat die door de open ramen naar buiten klinkt en zich een weg zoekt, sierlijk slingerend langs en om de hoge bomen die de hemel tegenhouden. Ben ik dat echt die daar loopt? Verzin ik die kleine jongen? De kleine jongen voordat alles begon?

Door die beelden kan ik me niet bewegen, ik ben ergens anders, maar ook hier, het is alsof dat elkaar opheft. Ik zie de vrouw tegenover me, de pet, de sjaal, de zonnebril, ik zie mezelf in die glazen weerspiegeld, de verstrakte man. Ik zie die verstrakte man aan het begin staan van een verhaal dat hij nauwelijks kan vertellen, maar dat verteld wórdt, zoals zo vaak met de verhalen waaraan ik meedeed, vrouwen, vrienden, de omhelzingen, de avonden in tuinen, koele woonkamers, theaters, terrassen met onvoorstelbare uitzichten, mijn leven is ervan aan het weggaan, ver ervandaan, ik kan het niet stoppen, ik moet mijn uiterste best doen die woorden niet uit te spreken: 'Ik kan het niet stoppen.'

Mijn gezicht gloeit ervan. Als ik rustig adem ben ik in

de straat vol zomer, met mensen in zomerse kleren, een auto met open dak met daarin naast de sportieve bestuurder een bruine vrouw die haar armen naar de hemel strekt, een roomwit bestelbusje waarop *Woning Diagnose* staat, ik voel dat ik begin te lachen, dat het ergens in me begint te lachen. Ik ruik het kruidige eten uit de Aziatische winkel aan de overkant, met een etalage vol lichtgroene ballonnen, het is feest, een onbegrijpelijk feest. Ik moet rustig ademen, bijna een kwestie van routine, ook van discipline, discipline die ik me moet herinneren, het moet, ik weet wat het is, kom op.

De hond jankt zacht. Hoog gezeur. Het treurige geluid van ongeduld.

'Voel je je niet goed?' vraagt de mond onder de sjaal, ik zie haar lippen bewegen, een beweging die bij de vraag hoort.

Die sjaal begint me te ergeren.

'Het is niks,' zeg ik. Het is niks omdat ik er niks over kan zeggen, omdat er misschien wel niets over te zeggen valt. Mijn moeder zei ooit: 'Je bent zo gevoelig. Je krijgt er vast een keer problemen door.' Haar omhelzing en: 'Zo graag zou ik je ervoor willen behoeden, maar dat kan ik niet, dat kan niemand, je kunt het zelf niet eens.' Wanneer zei ze het? Ik weet het niet meer. Als ik eraan denk, voel ik kou langs mijn gezicht, van die kou die je even aanraakt. Het was winter aan het worden. Dat behoeden moest ik zelf doen, dat wist ik zeker, maar hoe, waarmee, wat had ik ervoor nodig?

'Het is niks,' zeg ik weer. Als je zoiets twee keer zegt, is het belachelijk. Ik vraag: 'Waarom zie je er zo uit? Waarom heb je je vermomd? Of heb je je niet vermomd?'

Ze trekt de sjaal van haar gezicht, ze zet de zonnebril af, ze duwt de pet naar achteren, zodat ze net iemand is uit een oude film, een verstekeling in het ruim van een zeeschip, de *Titanic* of zoiets, niet iets van hier, niet iets van dit moment, de warme, nonchalante werkelijkheid van deze smalle straat. Ik moet goed kijken om haar gezicht te zien dat er ineens is.

'Daarom,' zegt ze.

Ik kijk, maar snap het 'daarom' niet. Dat ziet ze. Ze lacht. Zo'n fijne verveelde lach van iemand die de hele dag op een interessante plek rondhangt terwijl het te warm is om iets te ondernemen, een plek uit een hittige roman uit het zuiden van de Verenigde Staten, die ik graag lees. Ik moet niet zeggen dat ik haar leuk vind. Ook niet zo kijken. Weg met die smekende verrastheid.

'Anders heb ik de hele dag gedoe aan mijn kop,' zegt ze en ze zwaait doodvermoeid om zich heen. Op het eerste gezicht zie ik niemand die gedoe kan veroorzaken.

'Wat voor gedoe?'

'Je kijkt nooit televisie?'

'Nee. Nooit.'

'Ik speel mee in een serie. En iedereen kijkt daarnaar.'

'En daar doe jij aan mee?' Dat heeft ze gezegd! Waarom vraag ik wat ze net heeft gezegd? Welke loze ruimte moet er worden opgevuld?

'Ik ben er nu uit. Eruit geschreven. Ik ben dood. Iedereen haatte me.'

'Wat erg,' zeg ik. Nog nooit heb ik iemand zoiets horen zeggen. Over de bekentenis *Ik ben dood* valt heel wat te beweren. Ik las er ooit een essay over van een Nederlandse schrijver die lang geleden stierf en die bijna vergeten is.

'In de serie dus.'

'Wat in de serie?'

'Dat iedereen me haatte. En ik doodging.'

'Had je het daarnaar gemaakt?'

'Ja nou! Ik was de bitch. Onbetrouwbaar en meedogenloos. Ik loog mijn leven bij elkaar. En spande iedereen voor mijn karretje. Een intrigante.'

'En toen was je dood?'

'Ja. En iedereen wil iets tegen me zeggen. Ik kan nauwelijks over straat.'

'Terwijl ze je haatten.'

'Ja, nee, in de serie dus. Dat was in de serie. Maar ik bedoel op straat. Hier. Als ik de hond uitlaat. Niemand laat je met rust.'

'Lijkt me inderdaad heel vermoeiend.' Ik weet niet wat precies vermoeiend voor haar is, misschien wel alles.

Ze zwijgt even. Ze is vast niet iemand die dat vaak doet.

'Ik bén ook moe,' zegt ze.

'Hoe heet je?'

'Kaia. Van Steen. Kaia van Steen. Maar ik ben het niet.'

'Een pseudoniem? Artiestennaam?'

'Nee, van steen. Ik ben niet van steen. Dat grapje maakten mijn ouders altijd, mijn vader vaker dan mijn moeder.'

Ik probeerde me voor te stellen hoe het is als zo'n grapje vaak gemaakt wordt, de reacties op zo'n grapje, de effecten ervan, de omgeving rond zo'n grapje.

'Nog steeds?' vraag ik. Ook grapjes hebben een houdbaarheidsdatum, gelukkig, juist grapjes. Haast alle grapjes zijn een romig tijdverschijnsel.

'Geen idee,' zegt ze. 'Ik zie ze niet meer.'

Ik weet niet in wat voor gesprek ik verzeild ben geraakt, en ik weet niet waarom ik met haar te doen heb.

'Zullen we iets drinken?' Ik wijs naar het terras op de hoek, maar dan zie ik dat het bezet is door een stuk of tien toeristen die in volle lichamen zitten verpakt, mannen en vrouwen in olijke kleuterkleding, meer nog dan tien, allemaal met getatoeëerde armen en benen. Ze genieten met volle teugen van de zon die er alleen voor hen is, zullen vast ook vaak zeggen dat ze genieten, drinken grote glazen bier en praten hard, met schorre stemmen, alsof ze met die stemmen een hek om hun wereld willen zetten. Ook willen ze die wereld ermee vullen.

'We kunnen ook naar mijn huis gaan. Het is daar.' Ik heb de deuren van het balkon opengelaten. Er staat een stoel op dat balkon, maar ik heb er twee.

'Dan breng ik eerst Kloot naar huis.'

'Heet die hond Kloot?'

'Ja, echt.'

'Het is hier om de hoek, ik pas op het huis van een vriend. Hij is op reis door Zuid-Amerika.'

Ik knik.

'Veel mensen gaan naar Zuid-Amerika,' zeg ik. Ik moet niet de wijsneus uithangen.

'Maar het is wel makkelijk nu. Ik ben een paar weken terug uit mijn huis gezet.'

'O, op die manier.' Moet ik vragen waarom? Ik heb niet in alle antwoorden zin.

'Ik ben op zoek naar andere woonruimte. Weet jij iets?'

Weer iemand die me dat vraagt, iemand die toevallig op mijn pad komt. Voor iemand zorgen kan ik niet altijd, hoewel me dat van veel kan afleiden. Ik zie er niet uit als een makelaar, volgens mij. Ik kan veelbelovend gaan staan nadenken, maar ik weet het niet, ook omdat ik me er niet mee bezighoud. Het zal niet de bedoeling zijn dat ik zeg dat ik woonruimte heb. Die heb ik wel, maar daar kan nooit meer iemand bij, heb ik besloten toen Lena weg was.

'Ik zal erop letten,' zeg ik, want dat zeg je dan.

Ze wijst naar mijn balkon.
‘Daar dus?’
‘Daar.’

Illusionist

Kaia is een ontglippende vrouw. Dat zei ik een keer tegen haar, terwijl ik mijn lachen wilde inhouden: 'Wat ben jij een ontglippende vrouw.'

'Wat zeg je dat leuk,' zei ze. Ze was net teruggekomen van ik weet niet waarvandaan, ze stond in de deuropening en spreidde stralend haar armen.

'Vind je het erg?' vroeg ze.

Nee, ik vond het niet erg. Ik had me niets voorgesteld bij Kaia en mij. Wat me in haar aantrok, was dat ik niets van haar hoefde te weten. Dat kon ook niet, geloof ik. Ik hoefde alleen maar te reageren op wat er gebeurde als ze er was. Dat was altijd veel. Misschien is dat toch ook een vorm van zorg.

In de jaren met haar, in de jaren voordat Iris er was, deed ik mijn late kinderjaren over. Mijn kinderjaren met Sander die ik niet kon bereiken, mijn zusje dat niets met me wilde, mijn beschermende ouders, zo vol liefde dat ik ze nauwelijks aankon, Martha die niets met mij wilde, wat al duidelijk was zonder dat ik het in de gaten had. Ik was er zelf nauwelijks in mijn late kinderjaren, mijn puberteit. Misschien besefte ik dat niet in die tijd, de tijd die met Kaia begon, misschien ook wel, ik dacht er weinig over na, het was een periode van mijn leven waarin ik weinig over het leven nadacht. Dat maakte me ook losser, het was de losheid die me in Kaia zo aantrok. Dat was ik meteen die eerste middag, toen ze zonder bril en sjaal en pet bij mij de trap op kwam met een grote bos witte rozen 'omdat je Kloot op het droge hebt weten te houden'.

'Waarom heet hij eigenlijk Kloot?' vroeg ik.

'Jeroen – dat is zijn baasje – vindt bijna iedereen een klootzak en het lucht hem op dat af en toe hard te roepen. Hij had die hond het liefst Klootzak genoemd, maar twee lettergrepen vindt hij zo veel om te roepen.'

'Alsof die hond er iets aan kan doen. Lijkt me trouwens vermoeiend als je iedereen een klootzak vindt.'

'Daarom reist hij alleen over de wereld, daarom gaat hij met niemand om, behalve met mij dus.'

'Omdat jij geen klootzak bent.'

'Ik ben geen klootzak. Ik ben bijzonder.'

'Klootzakken kunnen ook bijzonder zijn.'

'Nee, dat kunnen ze niet. Ze zijn als de meeste mensen.'

'Is dat jouw wereldbeeld, Kaia?' Dat hóór ik. Dat ik wereldbeeld zeg. Een knoeperd van een begrip dat ik lachwekkend in een vraag duw.

'Zulke dingen ga je me toch niet de hele tijd vragen, hoop ik?'

Wist ze toen al dat ze met die witte bloemen met mij in een tijd stapte die *een hele tijd* zou worden? Ik weet niet wat het is dat mensen verbindt, wel dat die verbinding er vol is als je die meteen voelt, in al haar fascinerende geheimzinnigheid, een oogopslag, een lach, een gebaar, het lied in een stem. Het kan best zijn dat een verbinding moet groeien, maar dan is het een andere verbinding dan die ik bedoel. Dan heb je concessies gedaan die verbinding waar te laten zijn. Iets is waar, iets kan nooit waar wórden, althans wanneer het gaat om wat ik nu verbinding noem.

Ik weet niet wat er gebeurde toen ze met de witte bloemen naar mijn deur kwam. Was het daarvoor al gebeurd? Bij de ingang van het park, bij de vijver? Was het net zoals met het nieuwe buurmeisje, toen? Eerst de verhuiswagen aan de overkant van de straat, het is nog vroeg op de dag, zo'n verhuiswagen is dan heel groot in de stilte van de ochtend. Kort daarna de auto met de nieuwe bewoners, de man en de vrouw lopen gespannen naar het huis, hun handen bewegen regelend, en wat trager achter hen aan het nieuwe buurmeisje. Ze heeft geen zin in het nieuwe huis, ze kijkt vol verzet om zich heen en dan ziet ze jou, jij ziet haar, jullie kijken langzaam naar elkaar, langzamer kan bijna niet. Die sensatie ken ik, maar dat buurmeisje verhuisde al snel opnieuw, naar Italië, ook dat nog, sommige levens zijn zo. Ook haar heb ik gemist. Ik zag haar terug in Martha die ik later in veel vrouwen probeerde terug te zien. Soms vraag ik me af waarom ik sterker hecht aan terugzien dan voor het eerst zien, terwijl dat je leven een glans kan geven die je niet kende.

Ineens staat Kaia in mijn huis dat onmiddellijk haar huis werd, wat begint met de vraag: 'Zeg me even waar je vazen staan.'

'Ik heb er maar één. In het keukenkastje.'

Ik hoor haar bij het keukenkastje, ze zingt, iets Frans, ik ken het niet. Een knisperend liedje.

'Wat leuk!' roept ze. Ze heeft een stem die veel wil zien, die met haar ogen meekijkt.

'Wat is leuk?'

'Een vaas met de koningin erop. Ze kijkt zo plechtig. Ik moet altijd lachen om mensen die plechtig kijken.'

'Die vaas kocht ik op een rommelmarkt. Toen ik die zag, dacht ik: die moet van mij zijn.'

Ik lach ook graag om mensen, ik probeer van bijna alles de humor te zien. Dat maakt het leven makkelijker. Ik lach ze niet uit, want dat is niet te doen.

‘Denk je dat ook van mensen?’ vraagt Kaia terwijl ze keuken uit komt.

‘Wat?’

‘“Die moet van mij zijn”?’

‘Nee, zeg. Ik weet echt niet wat dat is!’

Kaia zet de vaas op de tafel waaraan ik alles doe, werken, eten, drinken, het centrum van mijn huis. Ze veegt slordig wat tijdschriften en post op een hoop. Soms maak ik weken geen post open, omdat ik vind dat ik niets met de afzenders te maken hoef te hebben als ik dat niet wil. Dat het niet zo werkt, weet ik ook wel, maar niet van alles wat ik weet, maak ik werk.

‘Ik houd ook niet van orde,’ zegt ze. ‘Ik word er benauwd van. Ik moet vaak naar iets zoeken, maar dan word je altijd verrast door iets wat je niet zocht.’

Ze blijft staan voor een ingelijste foto waarop ik te zien ben op de Brooklyn Bridge. Die namiddag maakte de zon alles van goud.

‘Wie heeft die foto gemaakt? Ze moet veel van je gehouden hebben.’

‘Ja,’ zeg ik.

‘Jeroen komt over tien dagen terug. Ik ga daarna naar New York. Ik ken iemand die een tijdje bij Battery Park woont, in een zijstraat. Een illusionist. Ik heb bij hem gewerkt, paar jaar geleden. We traden in het zuiden van Europa op.’

‘Wat deed je dan?’

‘Uit kisten springen. Onder water dansen. Hij stak me in brand. Hij veranderde me in een stuk of vijf duiven. Ik maakte charmante pasjes. Ik wees altijd trots en opgetogen naar hem met een open, lichte hand als er iets gelukt was, en alles lukte, en dan zakte ik een seconde door mijn knieën. Ik had een gezicht van een vrolijke duivel. Dat soort dingen.’

‘Dat soort dingen.’

‘Ja. Ik kan daar altijd terecht. Heb je zin om mee te gaan? Heb je tijd?’

Wat ik nog niet wist, maar ook weer wel, was dat het bij haar zo ging. Zo leefde ze, zo wilde ze leven. Het is niet raar om iemand die je een uurtje kent mee naar New York te vragen. Ik had geen idee wat ik me erbij moest voorstellen, ja, wel bij New York, want daar was ik een paar keer geweest, maar zij en ik, wij. Ik kon geen aantrekkelijker voorstel bedenken.

We verbleven er die winter bijna twee maanden. Ik schreef aan een nieuw toneelstuk, zij was vaak weg, wilde vaak alleen zijn, ik ook, maar we waren natuurlijk ook vaak niet alleen, dan waren we bij elkaar. Het was net alsof we dat al jaren waren, ook alsof we al die tijd in Manhattan hadden gewoond. Ik merkte niet dat we al bezig waren uit elkaars leven te verdwijnen, wat meestal gebeurt als je elkaar even kent, en dan blijf je dikwijls lang, erg lang bij elkaar omdat je niet met dat besef uit de voeten kunt.

Toen we terug waren gekeerd, zag ik haar even niet, een paar weken, en ik wist dat ze daar helemaal niet over wilde praten, niet omdat het geheim was, maar ze wilde in haar leven niet achtervolgd worden door vragen, de mogelijke antwoorden erop zaten haar alleen maar in de weg.

We waren minnaars, maar we hadden geen relatie. Soms dook in een gesprek de naam van een man op en ook zijn huis, bijvoorbeeld aan zee of op de Veluwe, een houten villa, het was nooit zomaar een plek, en ik nam ook aan dat het nooit zomaar een man was. Ik was ook niet jaloers, hoewel het in me zit jaloers te zijn, ik weet niet hoe dat kwam, hoe zij veroorzaakte dat ik het niet was. Dat ik haar op een dag niet meer zou zien, wist ik, niet omdat het zich al aankondigde, maar omdat het zo gaat, ook al heb je er nooit een seconde bij stilgestaan. Misschien had Lena me daar wel op voorbereid, misschien hoorde dat bij mijn leven. Mijn leven bestond uit een paar scènes waarvan sommige met elkaar te maken hadden.

Later waren we enige maanden in Marseille, ik vooral, zij soms, want ze werkte weer bij de illusionist die optrad in Spanje en Noord-Afrika en Marseille als uitvalsbasis had, ook omdat vlak bij het huis in de oude haven, ons tijdelijke huis, een loods stond waarin hij al zijn spullen had opgeslagen. Die illusionist zag ik nooit, wat toeval was, maar ook bij zijn beroep kon horen of bij zijn rol in het leven van Kaia, ik zag nooit de mensen met wie ze omging. Ik maakte haar mee als we bij elkaar waren. Ze was buitengewoon, dat spreekt, ze was grappig en inventief, ze was geïnteresseerd in veel, maar niet in het begrijpen van onze verledens, niet in wat we deden als we niet bij elkaar waren, ze had geld waarvan ik niet wist hoe ze daaraan kwam, waarschijnlijk van haar ouders, maar behalve dat ze het grapje maakten dat ze niet van steen waren, wist ik niets van ze, zelfs niet of ze nog leefden. Ze had in een soapserie gespeeld, ze had toneelles gegeven op zomerkampen waar verwende vrouwen met verfijnde omslagdoeken zich in ruil voor een ruim bedrag zinloos bezighielden met schrijven, schilderkunst en theater. Ze had in een galerie in Den Haag gewerkt. Ze had op een schip van Greenpeace gevaren. Soms gedroeg ze zich als een kind en wilde ze dat ik een decadente oude man speelde. We scheelden achttien jaar. Ze kon daar af en toe een spektakel van maken, in het openbaar, in een warenhuis, in het gemeentehuis als ze een document nodig had. Graag was ik Sander een keer tegengekomen, graag had ik haar aan hem voorgesteld, zie: het andere leven.

Verwachting

Ik ben een terugdenker geworden, wat niet wil zeggen dat ik niet meer vooruitdenk, maar dat doe ik met waaraan ik heb teruggedacht.

Van de tweede helft van mijn gymnasiumtijd, 'belangrijke jaren', heb ik geen chronologisch verloop in gedachten. Van feesten en andere activiteiten met vrienden herinner ik me meer dan hoe het schoolleven was. En natuurlijk de aanwezigheid van Sander, in ons huis, in mijn leven, zijn woede die hij met introvert gedrag camoufleerde, maar waarvan hij toch wilde dat ik die voelde.

De afwijzing van Martha, wat de afwijzing was van hoe ik mijn leven zag, wat natuurlijk pathetisch is, maar die pathetiek hoort bij mij. Die deed zich trouwens niet voor in de tijd met Kaia, althans niet voordat Iris er was. Alles was van een zonnige vanzelfsprekendheid, wij ademden een ongekend leven in. Of het de mooiste tijd van mijn leven was, weet ik niet, ik denk het wel, maar ik weet het niet, want misschien is de mooiste tijd wel de tijd waarin je in staat bent te zeggen wat de mooiste tijd van je leven was omdat dat hoorde bij de mate waarin je jezelf eindelijk begreep en het leven dat je leefde.

In min of meer ons derde jaar kwam Kaia op een vroege zomeravond bij me, ze was een week weg geweest, ze had me een kaart gestuurd vanaf Ameland, en zei dat ze in verwachting was. Ze zei er meteen bij dat ze het kind wilde houden en niet wist van wie het was. Dat was veel tegelijkertijd.

'Ben je blij?' vroeg ze.

'Die vraag vind ik even té groot, als je me dat niet kwalijk neemt.'

'Ik denk dat het van jou is, maar dat weet ik niet zeker.'

'Zoiets is te onderzoeken.'

'Te onderzoeken?'

'Is niet zo moeilijk.'

'Vind je het belangrijk?'

'Ja. Dat vind ik. Is dat raar?'

'Niets is raar. Maar waarom?'

'Mag ik daar even over nadenken?'

'Waarom? Als je erover moet nadenken, is je antwoord heel ver weg van de vraag waarom.'

Die zin had ze van mij, ik wist alleen niet wanneer ik die had uitgesproken, ongetwijfeld bij iets minder belangrijks dan dit.

Ze omhelsde me, ze vroeg: 'Wordt het daardoor een ander kind?'

Voor het eerst dacht ik dat het zinnig was iets te vragen over haar leven dat we niet samen deelden. 'Heb je dit ook aan andere mannen verteld? Dat je een kind verwacht?'

'Andere mannen?'

'Je zegt dat je niet weet of het van mij is.'

'Het is een kind.'

'Dat begrijp ik.'

'Daar gaat het toch om.'

'Maar kun je mijn vraag beantwoorden?'

'Of ik het... Nee, dat heb ik niet.'

'Waarom dan wel aan mij?'

Ze keek me aan. Voor het eerst zag ik dat ze verdrietig was. Ze leek een paar seconden iemand anders, iemand die ik niet kende. Even voelde ik zelfs lichte paniek.

Ze had op de leuning van mijn stoel gezeten, nu stond ze op en zei: 'Ik dacht altijd dat ik zo kon leven dat dit niet hoefde.' Ze zei het heel zacht, alsof ze het alleen tegen zichzelf had, zoals mensen die heel lang alleen zijn soms kunnen doen. Was ze nu alleen?

Zonder nog iets te zeggen liep ze het huis uit.

Vaak had ik me proberen voor te stellen wat er met me

gebeurde als een vrouw zou zeggen dat ze een kind van ons verwachtte. Als iemand in de omgeving waarvan ik even deel uitmaakte het bekendmaakte, reageerde ik altijd enthousiast, het was alsof dat enthousiasme groter was dan ikzelf, maar ik meende het ook, een nieuw kind, wat is er mooier, weer wordt het leven een groter avontuur.

Nu is het de eerste keer dat ik het zelf meemaak. Voor het eerst begrijp ik een uitdrukking die me vaak verbaasde: 'Ik weet niet wat ik meemaak.'

On the Road

Ik verwachtte dat ze de volgende dag terug zou komen, of de dag erna, die week in ieder geval, en toen dat niet zo was, vroeg ik me af waaróm ik het verwachtte. Misschien dacht ze wel helemaal niet aan teruggaan. Terug naar wat? Al die keren dat ze bij me kwam, kwam ze wéér bij me, niet terug. Het lijkt een onbeduidend verschil, maar het is wezenlijk als ik haar wilde begrijpen, wat ik nog steeds wil, al weet ik bijna niet meer hoelang het geleden is, alleen maar dat ze er was, vaak. Het is niet zo dat ik niet in staat ben herinneringen te koppelen aan periodes of momenten in mijn leven, maar mijn tijd kan ik niet meer indelen in lang geleden en nog langer geleden, alles wat van belang was, gebeurde achterelkaar, je zou het één lange dag kunnen noemen.

En nu is het avond geworden, een lange avond, in een

ander huis, een boot, de grote ramen staan open, het heeft geonweerd, de seizoenen tuimelden over elkaar heen, er was een zonsverduistering en ook een van de maan, maar het water in mijn uitzicht beweegt nauwelijks. Als ik de weg kwijt ben in mijn leven is dat niet omdat ik die niet kan vinden, maar omdat die er niet meer is.

Een paar minuten geleden – niet langer dan een week of twee jaar, of twintig jaar geleden kun je ook zeggen – was er een kaart uit Marseille, en nog een. Kort daarna een uit Barcelona en ook van dichterbij, Groningen, waar mijn zusje woont. Op iedere kaart schreef ze dat het een meisje moest zijn, haar kind, misschien ook mijn kind, maar ik had uit mijn hoofd gezet dat zeker te kunnen weten. Trouwens de eerste keer dat het woord *later* weer eens in mijn gedachten kwam: als het later van belang is, dan wordt het vast binnen no time duidelijk. Ik probeerde me geen situaties voor te stellen waarin dat wenselijk zou kunnen zijn. Zonder dat ze het erbij schreef, wist ik waarom ze het telkens herhaalde: als je iets vaak genoeg zegt, wordt het vanzelf waar. Dat vond ik onzin, maar zij geloofde dat. Daarom wilde ze het ook niet hebben over alles waarvoor ze bang was. Dat zei ze: 'Ik ben voor heel veel bang. Die angst zit heel schimmig in mijn hoofd, maar als ik erover praat, wordt alles waar. Woorden doen dat. Dat vind jij toch ook? Ik moet er niet aan denken.'

'Er niet aan denken?'

'Aan al die schemering. Maar dat hoeft ook niet. Je kunt veel zelf regelen in je hoofd. Dat kun jij toch ook?'

We hielden ervan om daarover te praten: alles bedenken. Zoals ze zei: 'Ons hele leven en alles eromheen. Het is allemaal waar.'

Dat was ik hartstochtelijk met haar eens.

Ze zei: 'Net als met een boek. Het is verzonnen, maar je kunt ook zeggen dat het niet verzonnen is. Je kunt dat zeker weten, terwijl niets en niemand daartoe aanleiding geven.'

'En het maakt niets uit.'

'Uiteindelijk maakt het niets uit.'

'Daarom is het zinloos het daarover te hebben.'

'Daarom is het zinloos het daarover te hebben.'

'Het is er en wat het is, vinden we niet belangrijk. Ook niet waarom het er is en wat we ermee moeten.'

Dat zei ik een keer tegen Sander, dat een boek verzonnen is maar dat je ook kunt zeggen dat het niet verzonnen is. Ik hield *On the Road* van Kerouac omhoog en zei dat het geen lezen was wat ik deed, maar dat de roman me als een gebeurtenis overkwam. Soms was het net of het niet tot hem doordrong wat ik zei. Dan keek hij me alleen maar aan, alsof hij naar een leegte keek. Maar ik kon soms niet ophouden als ik ergens aan begonnen was.

'Het is alsof ik mee moet doen met die gebeurtenis. Misschien moet ik ook gaan, gewoon maar kijken wat er gebeurt, altijd op weg naar een nieuwe horizon. Ga je mee? Dan gaan we samen op avontuur.'

Hoe oud was ik? Zeventien, denk ik, op het kookpunt van mijn puberteit. Natuurlijk ging ik niet doen wat ik zojuist had gezegd, maar toch geloofde ik erin. En ook dat Sander mee moest, dat hij het ook moest geloven.

Sander zei: 'Wil je niet zo idioot doen? Heb je een paar nachten niet geslapen of zo?'

Ik had moet zeggen dat hij een lul was, maar dat zei ik niet. Ik ging naar buiten, naar de bibliotheek om te zien wat ze daar van Kerouac hadden. Onderweg zag ik Martha uit de Albert Heijn komen, ik zwaaide, zij zwaaide. Zou ik met haar ook *on the road* willen zijn? Niets liever, maar misschien wilde ik nog liever met haar op een grote boot wonen, aan een stil water, zoals ik nu woon. Veiligheid! Niet zeiken! Veiligheid!

Iets in mezelf

In de tijd met Kaia, hoe verbrokkeld ook, zag ik weinig andere mensen, behalve voor mijn werk, maar met hen had ik het over mijn werk, niet over mijn en Kaia's opvattingen over de werkelijkheid, de waarheid en de onzin je daarmee bezig te houden. Ik ging tegen het einde van de middag weleens naar het café op de hoek en daar trof ik altijd wel iemand die ik vaag kende en dan ging het over opzienbarend nieuws van die dag of over opvallende bewegingen in de voetbal- of tennissport, de enige sporten die mij interesseerden.

Mijn vriend Hans zat voor een paar jaar in Suriname, als organisatiedeskundige in de gezondheidszorg. Hij had Kaia nooit ontmoet. Soms schreven we elkaar een brief, maar ik kon over haar niets meedelen wat weergaf wie ze was. En wat ze voor me betekende. Ze onttrok zich aan woorden en betekende meer voor me dan de meesten die mijn pad kruisten. Het was alsof ze iets in mezelf was.

Zo denk ik nog over haar. Ze is nog steeds iets in mezelf, al heb ik haar ruim twintig jaar niet meer gezien. Iets in jezelf is iets anders dan ván jezelf. Kaia was en is van niemand, ook al zou ze zeggen dat dat wel zo is, maar dat zijn alleen maar woorden, en als ze die één keer uitspreekt, zijn ze nog niet waar.

Iedereen is natuurlijk alleen van zichzelf, de een alleen iets meer dan de ander, wat weer zo terloops klinkt, maar misschien kan ik er alleen maar terloops over denken, ook omdat ik niet weet wat ik er verder mee moet. Martha was waarschijnlijk ook heel erg van zichzelf, nog, maar toen zeker. Misschien wist ze wel dat ik niet bij haar wilde zijn zoals de meeste mensen bij elkaar terechtkomen. Ze dacht vast: met deze overval wil ik niets te maken hebben.

De man die daar staat te kijken

Er kwam een kaart van een vakantiepark in Gelderland, aan de rand van de Veluwe: 'Het wordt een meisje. Kom je hierheen? Misschien zien we elkaar daarna niet meer.'

Die laatste zin, die aanstellerige veronderstelling ergerde me, maar het kon zijn dat er wat was veranderd, bij haar, en dat dat het onderwerp van ons samenzijn werd in een vakantiehuisje op de Veluwe. Het intrigeerde me voldoende om naar de Veluwe te rijden, ik reed via Nijmegen, de stad waar ik opgroeide. Ik stopte er, bracht er een paar uur door om te lopen door het kleine gebied waar ik kind was. Dat doe ik altijd, in de hoop iets tegen te komen, nee, niet in de hoop, in de verwachting, alsof er ooit iets gebeurde wat ik miste, alsof ik iets had moeten zien maar niet zag.

Ik sta stil voor het huis van de familie Hempel, het huis waar Sander geboren werd, in de hel van zijn vaders verleden. Ik kijk naar ons huis, naar het raam van mijn kamer met uitzicht op deze tuin. En als ik er lang naar kijk, hoor ik de stem van mijn zusje dat roept dat ze er is, zie ik mijn ouders aan tafel zitten, lezend of verdiept in een potje scrabble, zie ik de gesloten deur van Sanders kamer, de woedend gesloten deur, zie ik Marleen, haar strak gestrekte gladde been, vol sport en zon, terwijl zij en Sander net doen alsof ze slapen, om mij te laten voelen hoe belachelijk ik ben, wat ze nog steeds gelukt is.

Ik neem de trap naar beneden, loop het huis uit en voeg me in de man die daar staat te kijken. Er is hier iets, iets wat nog steeds gebeurt, een gebeurtenis waarvan ik deel uitmaak. Die gebeurtenis eist dat erover verteld wordt, maar dat kan niet zolang er geen einde aan is gekomen, want het is typisch zo'n gebeurtenis die ergens heen gaat en dan pas wordt wat die moet zijn. Ik weet er niets van, maar dat wel. Ook dat er dan pas iets over te zeggen valt. Van die gebeurtenis hangt hier iets rond.

Het wilde water

Ik bleef een nacht in het vakantiehuisje, een houten bouwsel aan de rand van een vakantiepark. Het rook er naar lijm en verpieterde pizza's. Naast de deur stonden op een inzakkende plank twee jaargangen van *Het Beste*. 'Goed zo!' riep ik.

De avond daarvoor was ik laat gearriveerd door een probleem met mijn accu, een wegenwacht die lang op zich liet wachten.

Kaia zei niet veel, raakte me af en toe aan en zei dingen als: 'Een meisje, wie had dat gedacht.' Het was zo wezenloos dat ik nauwelijks met haar kon praten. Ik zei wel dat ze op me kon rekenen, altijd, maar dat kon ik uiteraard niet weten, want altijd was een lange tijd.

Toen ik naast haar ging liggen, dacht ik aan onze eerste nacht, waarvan ik me even niets kon herinneren, misschien omdat het moest dat die herinneringen er waren, omdat die herinneringen hóórden.

Ze stond op om muziek op te zetten, *Nocturnes* van Chopin.

'Moet het zo dramatisch?' vroeg ik.

'Doe alsjeblieft niet zo flauw, zeg.'

Ze legde haar hoofd op mijn borst en vertelde een verhaal dat ik al eens eerder had gehoord, ja, tijdens onze eerste nacht, over haar reis door Nepal, nee, niet over de hele reis, maar dat ze de afgelopen weken vaak dacht aan de paarden die ze zag verdrinken in een gezwollen rivier. Het waren er zeven. Ze moesten van hun berijders die rivier oversteken, ze hadden haast. Maar ze konden de rivier niet aan, het water stond te hoog en stroomde te wild. De paarden gilden.

'Kunnen paarden gillen?' vroeg ik, een vraag die er niet toe deed.

Ze knikte gejaagd: paarden kunnen gillen.

Ik zei dat ik weleens gedroomd had hoe ik werd meegesleept door de verwoestende stroming van een rivier, maar dat ik toen ging staan, dat kon, het was een makkie, en dat er niets meer aan de hand was. Dacht ik. Want het volgende moment vloog er hard een kolossale paarse vlinder tegen mijn gezicht. Ik dacht dat ik onstuitbaar begon te bloeden. Daarvan werd ik wakker.

Kaia zei dat ze het vreselijk vond over dromen te praten, omdat je niet wist of het een verzonnen droom was, om indruk te maken of zoiets, of een echt gedroomde droom. 'Hoe dan ook, je praat er niet over. Het is belachelijk.'

De gordijnen hadden we niet gesloten. Het was bijna vollemaan, maar het licht was door de dravende wolken niet helder, eerder grauw en onrustig. En dan Chopin.

'Paarden die gillen,' zei ze. En toen zweeg ze.

Ik zie die rivier, het wilde water, de paarden die met al hun kracht en dynamiek verdwijnen. Als ik er nu aan terugdenk, zijn het niet meer de woorden van Kaia over die gillende paarden, maar ik zie wat er gebeurt, ik hoor ze.

Ze had één lamp aangelaten, het was vooral het troebele nachtlicht dat alles in de kleine ruimte met tegenzin zichtbaar maakte. Dat licht bewoog voortdurend, alsof het ons iets wilde laten zien wat we niet zagen. Misschien zeiden we dat ook wel tegen elkaar, ik weet het niet meer.

Pas tegen de ochtend zei ze dat het beter was dat we elkaar niet meer zouden zien. De komst van haar dochter (dat zei ze: 'mijn dochter') was ook de komst van een ander leven, waarin niet te herhalen viel wat in ons vorige leven was gebeurd. 'Het is beter.'

Als een van ons dat zegt, moet de ander niet met argumenten komen om te bewijzen dat het niet beter was. Ik was die ander en zelden had ik me in haar bijzijn zo'n ander gevoeld.

Met alles wat we nog konden zeggen, zou wat we voor elkaar waren geweest door onze vingers glijden.

Ze had het huisje voor een week gehuurd, ze bleef nog een paar dagen. Ik had mijn tas ingepakt, ik stond buiten, ze kwam naast me staan, legde een hand op mijn schouder, we zeiden niets, we keken naar de bomen die het armzalige tuintje begrensden, er was niets te zien, behalve de bomen die de kleur van die zomerdagen hadden. Ze huilde zacht, ik zei dat we geen mislukking waren, dat de tijd onze tijd niet meer was, dat een ander leven tussen het onze was gekomen, zoals er altijd ergens iets tussen komt, niets blijft, en dat die andere tijd eiste dat we daarin verdergingen. Het rook daar naar de warmte van een paar dagen geleden, naar warmte die er niet meer was, van die afwezige warmte waarvan je het niet koud krijgt, het lijkt op kou en dat is schraler dan kou.

Ik kuste haar op haar haar, op haar wang onder haar rechteroog, en nog een keer op die wang en zei dat ik nu echt moest gaan en zij vroeg: 'Hoe ga je echt?' We lachten even, wij die elkaar verloren hadden. Ik pakte nog even haar pols vast en liep van haar vandaan, ik geloof dat ik er vast op rekende dat er ergens een bus zou komen die me naar het station van Arnhem of Ede bracht.

Dat ben ik kwijt, hoe ik die avond naar huis ben gereisd, ruim twintig jaar geleden. Toen ik dat huisje binnenkwam, lag er op tafel een boek van John Le Carré, *The Constant Gardener*, dat niet lang daarvoor verschenen was, de gebonden editie. De omslag had een mintgroene kleur, een kleur die je meteen aan wilde raken.

'Ja, raar hè, zo'n boek hier. Het lag er gewoon,' zei Kaia.

'De vorige huurders zullen het hebben laten liggen.'

Ze rook eraan: 'Het is helemaal nieuw. Het is nog niet gelezen.'

'De schoonmakers hebben het gevonden en het voor je klaargelegd. Wat aardig.'

'Ja, wat aardig.'

Ik hield van het werk van Le Carré, nog steeds, maar las dat boek toen niet, natuurlijk niet, nam het ook niet mee toen ik wegging. Pas jaren later, een nieuwe uitgave, niet met het mintgroene omslag, maar als ik die kleur zie, beginnen we weer van elkaar weg te gaan.

Waar gaan we heen?

Op nieuwjaarsdag belt ze. Ik lig nog in bed. Oudejaarsavond bracht ik alleen door, ik luisterde naar muziek, keek lange tijd naar niets en later op de avond naar het traditionele cabaret, vol kritische mededelingen die vrij gaaf op elkaar rijmden, en ging iets na middernacht de straat op waar de buren vuurwerk afstaken en met beroerde, zoete champagne rondgingen. Ik kuste mensen die ik nog nooit had gesproken, maar vond het niet erg: dit was hoe we leefden. Heel veel is niets, maar we maken er het beste van, het liefst lachend en hartelijk.

Ze zegt niet: 'Gelukkig nieuwjaar.' Dat is goed. Het is niets voor haar met zoiets te komen. Ze zegt: 'Ik wil dat je erbij bent. Ik wil het niet alleen doen.'

Ik zeg: 'Dan ben ik erbij.'

Maar ik arriveer te laat in het ziekenhuis, wat komt doordat ze me pas belde, nee, liet bellen toen alles aan de gang was. De verpleegster, Surinaams met grote schaterende ogen, legt het meisje op haar buik en zegt tegen mij: 'Ze heeft het fantastisch gedaan.' En ze knikt naar Kaia, namens haar trots, Kaia ziet er niet trots uit. Natuurlijk heeft ze het fantastisch gedaan!

Ik zie haar voor het eerst volop huilen, haar gezicht wanhopig in de war van die tranen, ik schrik er een fractie van een seconde van, ik huil ook, opluchting, ontroering, ook melancholie omdat ik in de toekomst verzeild ben geraakt van iemand die er pas is.

De verpleegster die zei dat ze het fantastisch heeft gedaan, zegt: 'U mag morgen naar huis. Behalve als we haar nog even onder controle willen houden, maar niets wijst daarop. Morgen mag u naar huis. Reken daar maar op.'

Het is 3 januari, dat weet ik, maar niet of het nacht is, of vroege ochtend. Het is alsof dit een nieuwe dag is die ontzaglijk groot is, dreigend en kwetsbaar tegelijk, een dag vol uithoeken ook, ergens in de verte is een opening met daarachter licht, het licht uit mijn kindertijd, het licht in het park, door de bomen gefilterd, we hebben het er nooit over gehad, Kaia en ik, over dat licht. De gordijnen van de kamer zijn gesloten, ik durf ze niet te openen, ik zie op tegen al het leven dat zichtbaar wordt.

'Waar gaan we heen?' vraag ik.

'Hoe heet ze?' vraagt de verpleegster.

'Iris,' zegt Kaia.

De verpleegster schrijft haar naam op een papier op een klembord. De eerste keer dat haar naam wordt geschreven. We hebben het nooit over een naam gehad, ik weet ook niet waarom deze naam, ik vraag het niet. Als ze het wil zeggen, zegt ze het, straks of later.

Als ik eraan terugdenk, weet ik niet waarom we zo met elkaar omgingen, waarom we zo voorzichtig waren elkaar met woorden aan te raken, met vragen. Ik weet niet waar die broosheid vandaan kwam, ik weet ook niet waarom ik het niet abnormaal vond. Ik zei ook niet dat ik van haar hield, hoe ze daar lag, met het meisje op haar buik, haar rode gezicht, haar ogen die ook rood waren omdat er adertjes in waren gesprongen, haar handen die het meisje vasthielden, haar handen waarin zich een nieuw leven had verzameld. Van alles wat ik niet zei, heb ik spijt. Maar spijt verdraag ik niet, niet meer. Spijt is oponthoud.

Ik denk weer vaak aan Martha. Heeft ze dit ook meegemaakt? Ze moet iemand zijn met een groot gezin, zo veel heeft ze te delen. Met wie? Waar? Ik stel me voor dat zij daar ligt, met ons kind, het kind van Martha en mij, het meisje over wie we eindeloos hadden gesproken, dat we opgelucht zijn haar naam te noemen, we hebben het vast duizend keer over die naam gehad, er waren geen duizend mogelijkheden, misschien twee of drie. Misschien de naam van een van haar ouders. Of die naam als tweede naam. Ik kende haar ouders niet. Haar vader heb ik één keer gezien, op de diploma-uitreiking, een grote man, die met onhandige bewegingen liep, alsof alles om hem heen te klein was, gebruind, een buitenmens, op bergschoenen. Hij kuste haar onhandig toen hij haar feliciteerde. Heel innemend was het.

Ik stelde me voor dat ik wijn met hem dronk, volgens hem de beste wijn van de wereld, dat haar moeder zich bij ons zou voegen en dat die zei dat ze blij was dat het goed ging met Martha en mij, dat ik vast geweldig voor haar zorgde, want dat had ze zo nodig en ik wist dat.

Wij waren het leven geweest, Martha en ik. Ook daarom denk ik aan haar, hier bij Kaia en Iris. Iedere gebeurtenis verbindt je met hoe je ooit aan die gebeurtenis dacht, zo intens dat het leek alsof het al gebeurde. Toen Martha de avond dat ik haar gekust had van me vandaan liep, wist ik dat ze er altijd zou zijn, ook al zou ik haar nooit meer zien. Maar dat dacht ik natuurlijk alleen maar omdat ik zo vurig hoopte dat ik haar nog zou zien, ook al had ik geen idee hoe. Martha is er nu ook omdat ik meer dan ooit besef dat we niet meer zo jong zijn om met alles te kunnen beginnen. Dat begin is weg, niet alsof het er nooit was, maar wel: weg. In hoe ik over haar droom, vooral in hoe ik over haar wil dromen, zijn we bij elkaar, altijd bij elkaar gebleven, is ze de straat niet uit gelopen, is die straat ons leven geworden, de zilverkleurige zomeravond onze tijd. Die levenslange herinnering die zich voegt in de herinnering aan wat nooit is gebeurd, niet omdat het niet kon, maar omdat het niet gebeurde.

Goed is het

'Waar gaan we heen?' vraag ik. Ik hoor mezelf die vraag stellen en ik hoor dat ik ook vraag waar we haar heen brengen, naar welk moment, welk punt in ons leven en waar we haar los zullen laten. Ineens weet ik zeker dat ik daar niet bij ben, dat we écht in andere levens zijn beland, met een andere toekomst. Ik moet die vraag nu terugbrengen tot een directe, concrete bestemming: 'Waar gaan we heen?'

'Wanneer?' vraagt Kaia.

'Morgen. Als alles goed gaat.'

We waren alleen, Kaia, Iris en ik. In mijn huis, wat ineens vanzelfsprekend was. Ik zorgde voor wat aanpassingen. Een kamerscherm zorgde voor een kinderkamer. Het was niet ingewikkeld. Naast de wieg hing ik een vogeltje aan een lange veer, aan het plafond bevestigd. Ik hoopte dat die vogel haar leven groter zou maken dan alleen dat in de wieg.

Van vrienden wist ik hoe de eerste tijd met een baby eruitzag, min of meer de hele dag bezoek, de vader zette onophoudelijk koffie en smeerde beschuiten, samen namen ze de cadeaus voor het kind in ontvangst, altijd verrast, altijd uitstekend reagerend, samen hoorden ze keer op keer op wie het kind leek, samen keken ze naar foto's van vroeger waarop die gelijkenis duidelijk te zien moest zijn, dan waren er natuurlijk de verhalen van toen, meestal aanleiding tot vrolijkheid, de jonge ouders waren te moe om te lachen, maar ze lachten, natuurlijk lachten ze, de regie in het huis was in handen van een vrouw die ze nog nooit gezien hadden en die wist wat het beste was voor iedereen. Soms huilde de kraamvisite: 'Sorry, maar het is zo'n klein wonder! Nee, geen klein wonder, een gróót wonder!' Op een van die dagen was ik er ook altijd, natuurlijk, van mijn vrienden hield ik, hun kind was me ongezien dierbaar, ik hoop zelfs dat ik deel uitmaakte van zijn of haar toekomst, maar mijn aanwezigheid in het babybedrijf sloeg me met stomheid.

Waar zijn die vrienden gebleven, waar zijn ze met hun kinderen, in welke wonderen zijn die terechtgekomen? Waar ben ik in hun herinnering?

In de eerste maanden van het leven van Iris was het net of niemand van ons bestaan wist, of niemand gehoord had van het nieuwe, prachtige kind. Kaia moest mensen kennen, er waren vriendinnen, soms had ik haar over hen horen spreken, er waren vrienden, een van hen misschien de vader van het kind. Bij hen moest het toch bekend zijn dat ze zwanger was, maar ik wist niet wat ze hun verteld had: misschien dat ze naar het buitenland was gegaan om het kind te baren. Niemand had daarvan opgekeken. Ik ook niet. Bij Kaia keek ik nergens van op.

Mijn ouders wisten hier niets van, niet omdat ik het geheim wilde houden, maar omdat ik geen zin had hun uit te leggen wat ik niet kon uitleggen. Dat we elkaar soms een paar maanden niet spraken, was niet uitzonderlijk. Dat namen we elkaar nooit kwalijk, dat hoorde bij onze vertrouwdheid – dat we ook in elkaars nabijheid waren als we ver bij elkaar uit de buurt waren, wat we niets eens hoefden te zeggen, niemand zat op zo'n bekentenis te wachten.

Op een dag zei ze, het was een namiddag vol harde regen: 'Goed is het, zo. Vind je ook niet?'

We zaten op een smalle bank met uitzicht op het park, ze had Iris op schoot, ze sloeg een arm om me heen.

'Ja, Kai,' zei ik. 'Het is goed, zo.'

Had ik zoiets weleens tegen haar gezegd? Wat bedoelden we met zo? Was dit het hoogst haalbare van wat wij met onze levens konden doen, wat wij in onze levens konden laten gebeuren, terwijl we wisten dat wij uit elkaars leven zouden verdwijnen? Was dat laatste al begonnen, opnieuw begonnen, op het moment dat ze zei dat het goed was en ik haar woorden herhaalde?

'Zie je dat ze een oude lach heeft?' vroeg Kaia.

Had ik gezien.

Ik kijk naar ons, door een gordijn van harde regen afgesloten van een wereld waarover ik even niets kan zeggen, behalve dat het een buitenwereld is, een buitenwereld ver weg achter die harde regen. We zijn langzaam een foto geworden waarnaar we op het einde van ons leven met zachte verbazing naar zullen kijken. We vragen ons niet af wat er van ons geworden is, maar misschien wel wat dat moment voor ons betekende, en wat die betekenis heeft toegevoegd aan wie we zijn, aan wie we uiteindelijk zijn geworden.

Soms heb je een vermoeden van een gebeurtenis die nog niet heeft plaatsgevonden. Ik voelde dat er iets was, later, maar niet of me dat verontrustte.

Na de zomer van dat jaar vertrok Kaia met Iris naar Marseille. Naar de illusionist. Voordat ze vertrok, vroeg ik haar, en die vraag had ik willen tegenhouden, maar het was alsof die zich niets van me aantrok: 'Is hij de vader?'

Ze pakte mijn gezicht met beide handen vast en trok het

naar zich toe en zei zacht: 'Marcel kan net doen of hij het onmogelijke mogelijk maakt, en we geloven hem, we lachen om hoe we hem geloven, maar hij kan niets met vrouwen.'

'Ik vraag me ineens af hoe vaak ik je zijn naam heb horen uitspreken. Marcel!'

'Marcel is hartstikke impotent. Bij mij schaamt hij zich daar niet voor.'

Vier jaar

De eerste maanden dat ze weg was, kreeg ik zo nu en dan een kaart van haar, zogenaamd geschreven door Iris, in het handschrift van iemand die nog niet kan schrijven. Iris schreef dan zogenaamd over haar: ‘Mama is de laatste dagen zo vrolijk. Ze is het niet altijd, maar dat geeft niet. Wie altijd vrolijk is, is belachelijk.’ Of: ‘Mama heeft een kleine kerstboom gekocht, maar groter dan ik, hoor.’

Na een nieuwjaarskaart, een foto van Bob Dylan die geconcentreerd aan het biljarten is, hoorde ik lange tijd niets van haar. Wat is lange tijd? Ik hoorde vier jaar niets van haar.

Wel was Iris er natuurlijk wanneer ik dat wilde, wanneer ik bedacht dat ze er was. Honderden keren verzon ik gretig haar aanwezigheid, ik kon me intens op die momenten verheugen. Ik hoorde haar stem, rook haar, alleen al door haar naam uit te spreken. Ik voelde haar kleine hand in de mijne, ik keek in haar vriendelijke ogen. Ze was vroeg met alles. Ik zei: 'Misschien omdat je bang bent dat je later voor veel te veel algauw te laat bent. Ja, dat denk je nog helemaal niet. Ik wil zo graag namens jou denken, daar moet ik mee ophouden, want dan denk ik over mezelf, het gaat over jou. Je kent nauwelijks woorden, je hebt daarom ook niet in de gaten dat je gedachten je woorden geven, maar het is intuïtie, zoiets.'

Ik had het moeten noteren, ik weet niet meer wanneer het was, ik weet niet meer wanneer het waar werd, maar ineens wandelde ik met haar door het kleine park aan de overkant. Ik wandelde, ik duwde haar voort. 'Ik duw je voort, liefste Iris.' Ik vervolgde de kleine intieme geschiedenis die mijn moeder met mij begon. Ik weet hoe belangrijk ze waren, onze wandelingen door het glooiende stadspark, dat er vooral was om de gloed van de herfst alle ruimte te geven. Maar het was natuurlijk ook van de zomer. Het licht trok als water in het gras, in de paden, tussen de struiken en bomen, en wat er van het licht overbleef, was er speciaal voor ons, de moeder en de zoon. Ik hoorde mezelf dat tegen Iris zeggen, ik zei: 'Misschien herinner je je dit later. Ineens landt die herinnering ergens in je leven, misschien vervult die je, zoals die mij vaak vervult, misschien is het een herinnering waar je troost uit kunt putten.

Iris, dat hebben we het meest nodig, kracht om ervoor te zorgen dat je nooit getroost hoeft te worden, en troost omdat die kracht niet altijd bestaat. Ik zeg niet dat je die niet hebt, zult hebben, maar soms bestaat die niet, omdat je zelf ook niet helemaal bestaat.'

Door wat ik met dat laatste bedoel raakte ik niet tot op het bot verscheurd, doordat ik zelf maar voor een deel bestond, het deel dat meedeed aan een sociaal leven, dat aangenaam was en betekenisloos, twee toneelstukken waarvan er één verfilmd werd, maar de rest was er niet. En over iets wat er niet is, kun je ook met niemand praten. Want natuurlijk wist ik dat tegen me gezegd zou kunnen worden: 'Ga eens met iemand praten.' Zo heet dat immers, met iemand gaan praten. Iemand was een doctorandus die alles van mensen begreep, meer nog, daarover iets kon zeggen, iets wat je zelf ook kon, als je dat tenminste wilde. Maar iets wat er niet is, valt niet te begrijpen. Ik besloot dat ik niet ziek was in mijn gedachten. Dat ik geen mankement had dat gevoelsarmoede genoemd zou kunnen worden, wat overigens niemand over mij mocht denken.

Ik wees Iris op het water van de vijver, hoe een kleine jongen daar een oranje bootje op liet drijven, hoe hij er verrukt naar keek. 'Dat ga je binnenkort ook doen. Ik maak zo'n bootje voor je, een oranje of een rode, wat je maar wilt.' En ik zei erbij: 'Er gaat heel veel gebeuren wat je wilt. Daar zorg ik voor, echt waar, daar zorg ik voor.'

Natuurlijk gingen we ook naar de dierentuin. Bij de pinguïns klapte ze in haar handen van plezier. Ik zei dat die altijd bij elkaar bleven, altijd. Voor geen enkel dier leek ze bang.

'Volgende week gaan we weer,' beloofde ik. Alles wat ik beloof, doe ik. Ik wist niet of ik Kaia zou laten weten dat Iris niet alleen bij haar was, maar ook bij mij. Dat het zo kon gaan. Dat er veel moeilijk was, maar dat niet. Kaia beloofde nooit iets. Ik heb nog nooit iemand ontmoet die zo was.

Na vier jaar kwam ze terug. Ze had gebeld om dat te zeggen, niet om te vragen of het uitkwam, alleen dat ze terugkwam. Ik stond op het balkon om ze de straat in te zien lopen.

Dat zie ik, hoe ze de straat in lopen, de straat die stil wordt en ruim en zonovergoten. Kaia lijkt haar best te doen haar haast te bedwingen, Iris loopt heel licht naast haar, een hertje. Ze hebben rode kleren aan. Het is net een film.

Als ik Iris optil en kus, trekt Kaia haar een beetje bij me weg. Ik heb weinig met hen te maken, dat is duidelijk.

Niet dezelfde dag, niet de dag erna, maar twee dagen later zeg ik: 'Je bent er wel, maar je bent niet teruggekomen. Begrijp je wat ik bedoel?'

‘Natuurlijk begrijp ik wat je bedoelt. Alleen die vraag al. En dat we het hierover hebben.’

‘We hebben het er nog niet over. Ik noem het, ik snijd het aan.’

‘Je toon! Je toon!’

We zitten tegenover elkaar. Iris slaapt achter het kamerscherm. We kijken naar elkaar, meer dan dat we elkaar aankijken. Met onze blik lopen we om elkaar heen. Zie ons zitten! Zie ons kijken! Zie ons niet weten wie we met elkaar zijn geworden!

Botsautootjes

Wat er al veranderd is, is een paar dagen later onontkoombaar. Ik ga met Iris naar de kermis in het park aan de rand van de stad. Het is nog vroeg op de avond, we blijven niet lang, ze mag niet te laat naar bed, maar ik wil dat ze net als ik toen opgetogen en opgewonden raakt van al die lichten en dat kan alleen als het een beetje donker is. Ze heeft mijn hand vast, een mooier gebaar kan ik me niet voorstellen. Ik voel aan haar hand dat ze gespannen is, dat er iets in haar hoofd zit wat Kaia misschien gezegd heeft, en Kaia is al weg, is allang ergens anders heen, een ander station. Maar ik houd mezelf voor dat ik zeker weet dat haar spanning komt van de bonte, betoverende wereld van de kermis, de geluiden die door elkaar heen rollen, de geuren.

Ik koop een suikerspin voor haar, ze eet mee van mijn frites, op het terras voor de poffertjeskraam drinken we wat, ik een glas bier, zij appelsap, puur natuur.

Ze wijst naar de botsautootjes. Daar wil ze in.

'Wil je dat echt?'

'Ja.'

'Alleen?'

'Neeee! Met jou.'

Bij de kassa koop ik een munt die ik in de gleuf van onze auto moet doen. Als ze gaat zitten, nerveus, schiet haar armband los, ze heeft die zelf gemaakt, pas, de lichtgele kralen rollen over de gladde vloer.

'Ik pak ze wel. Blijf jij maar zitten. Ja, zitten blijven.'

Ik laat me op mijn knieën zakken en veeg de kralen bij elkaar, misschien mis ik er één of twee, maar de meeste heb ik, in de kom van mijn rechterhand, die ik niet moet sluiten anders spatten ze eruit. Als ik weer ga staan, kom ik ten val, zo'n val die lang duurt, ik lig tussen de botsautootjes die allemaal bezet zijn. De mensen kijken naar me, nauwelijks verrast, vooral gehinderd door het oponthoud dat ik veroorzaak. Ook voel ik de grauwnijdige blik van de man in het kassahok strak op me gevestigd. Hij ziet kostbare tijd verloren gaan. Ik kijk naar Iris. Ze huilt, niet hard, eerder ingetogen, alsof een onverdraaglijke teleurstelling zich van haar meester maakt.

'Je moet niet huilen!' roep ik. Ik voel hamerende woede, waardoor ik moeilijk adem, ben vooral kwaad op mezelf. Hoever laat ik alles komen, hoever laat ik mezelf gaan.

Dan voel ik een rustige hand onder mijn arm. Ik kijk omhoog en zie een vrouw staan, meer een meisje. Ze heeft een strakke groene jurk aan en een wit hoedje op, een kleine panama. Haar gezicht is vriendelijk, haar ogen kijken bezorgd naar me. Aan haar kleine mond zie ik dat ze iets zegt, maar ik versta haar niet, misschien wel als ik mijn adem inhoud, maar dat lukt niet; als ik het probeer, ben ik verloren. Zo voelt het, er hoeft nog maar heel weinig te gebeuren en ik ben weg, een duwtje, een tik, iemand die hard hoest of blaast, iemand die tegen mijn gezicht schreeuwt. Ik geloof dat de exploitant van de attractie de muziek harder heeft gezet, het is boenkaboenkalawaai. Ze helpt me overeind, wat haar kracht kost, ze helt met haar bovenlichaam naar achteren. Het is alsof alles om ons heen donker is, schaduwen, onrustig en groot, alleen onze ruimte niet, de ruimte die we onhandig innemen, daar is licht, morsig licht, maar we kunnen elkaar zien, we delen momenten die zo snel mogelijk voorbij moeten gaan, het zijn wel even ónze momenten, de eerste die we met elkaar meemaken. Misschien de enige, maar dat zou niet zo mogen zijn.

'Dank je,' zeg ik.

'Gaat het?' vraagt ze. Het zijn maar twee woorden, maar ik hoor dat ze uit Brabant komt.

'Ja,' zeg ik. 'Dank je.'

'Echt?'

'Echt.' Ik wil vragen of ze vanavond bij me blijft en of ze

ervoor wil zorgen dat Iris naar huis gaat, naar haar moeder, ik kan dat niet, ik kan niet tegen afscheid, ik kan niet tegen de gang naar afscheid, tegen het weten van afscheid zonder het gezegd te hebben, ik kan er niet tegen Iris nog aan te raken, want dan wil ik haar voor altijd vasthouden, terwijl ik weet dat altijd veel te veel tijd is.

Ze maakt zich van me los en loopt voorzichtig naar de kant, terwijl ze naar haar voeten kijkt, met haar armen bewaart ze haar evenwicht, de vloer is spiegelglad, daarom viel ik ook, ik mankeer niets, niets, het is alleen die verdomde gladde vloer.

Als ik naast Iris zit, vraagt ze: 'Wie is dat?'

Op dat moment komen alle botsautootjes in beweging.

'Wil jij sturen?' vraag ik.

Ze geeft geen antwoord, ik leg haar kleine handen op het stuur, dat plakkerig is.

'Stuur maar,' zeg ik. 'Het maakt niet uit waar we heen rijden. Stuur maar, lieverd.'

We worden hard van achteren geraakt. Iris schrikt en ik zie dat ze weer gaat huilen. Ze kijkt als versteend voor zich uit. Ik zie zweetdruppeltjes op haar voorhoofd. Bleek wordt ze ook. Ze moet hier niet gaan overgeven, dat is verschrikkelijk voor haar en ook voor mij, want ik moet dan van hier uit dit botsautootje van alles gaan organiseren, terwijl ik van dat van alles maar heel weinig weet. Ik rijd het stoterige, kinderachtige voertuigje naar de kant, til haar op, tegen mijn heup, en stap eruit. Het is meteen of ik andere lucht inadem, koelere.

Ik kijk of ik het meisje zie, koortsachtig kijk ik, ik voel dat heus wel, ik zoek een wit hoedje, ik zie haar niet, Iris glijdt van mijn heup en drukt zich tegen mijn benen aan.

'Hij is helemaal bezopen,' hoor ik iemand zeggen.

Ik moet me beheersen niet om me heen te slaan en dat kan ook niet, want Iris heeft nog steeds mijn benen vast, heel strak.

'Zo kunnen we niet weg,' zeg ik.

De volgende dag zegt Kaia: 'Kende je dat meisje?'

'Welk meisje?'

'Had je met haar afgesproken?'

'O, dat meisje bij de botsauto's.'

'Ze lachte niet om je. Iedereen moest lachen. Je was belachelijk. Maar zij lachte niet. Misschien had ze medelijden. Misschien zocht je iemand die medelijden met je had. Of wist je al dat ze er was, iemand die geen medelijden met je had.'

'Heeft Iris dat gezegd? Wat is er, Kaia, wat is er?'

'Nee, niet zo. Zo heeft ze het niet gezegd. Ze weet niet eens wat belachelijk is. Ik ken je.'

'Dat betwijfel ik.'

'Moet je niet doen. Je bent bang oud te worden. Dat is het. Nou, die angst kan ik niet hebben.'

'Ik vind...'

'Vind je het oké dat het me niet interesseert wat je vindt. Het is mooi geweest. Dat is het.'

Ik liep woedend het huis uit en toen ik een paar uur later terugkwam, was ze weg. Iris ook, natuurlijk. Ze had alles meegenomen. Alleen het kamerscherm stond er nog. Ik vouwde het dicht.

Het kon niet anders gaan dan zo, dacht ik. Iris zal zich de avond op de kermis altijd herinneren. Dat weet ze dan nog niet, ze weet niets van herinneringen, ook niet van wat je meeneemt als je uit je kindertijd vertrekt. Wat je meeneemt, is ook de rest van je leven, niet alleen maar, maar ook. Je vergeet veel, maar het meeste laat zich niet vergeten, het is er, je weet het niet, maar het is er, het wacht af, het wacht op jou, het wacht op het moment dat je je afvraagt wie je toch bent, wat je met jezelf moet.

Een paar dagen later, een paar weken, maanden later misschien, vroeg ik me af wát er veranderd was, wanneer dat gebeurde, waarom ik het niet had gemerkt. Kón dat wel? Was Kaia misschien niet iemand over wie ik me dat afvroeg, ook omdat we niet samen waren? In dat soort woorden dacht ik nooit, maar tijdens die dagen, weken, maanden wel: we waren niet samen. Iris was ook niet van ons. Ze was op ons pad gekomen.

Wilde Kaia niet meemaken dat we elkaar niets meer te zeggen hadden? Dat was er volgens mij helemaal niet aan de hand, maar als de een dat denkt of die angst voelt, dan is het voorbij. Je kunt dan wel iets verzinnen waardoor het lijkt of het niet zo is, maar dat is inderdaad alleen maar een verzinsel. In wat je verzint kun je geloven, in een verzinsel niet.

Wat ze in haar hoofd haalde, weet ik niet, maar ze haalde het ergens vandaan. Ze moet zelf ontdekt hebben waarvandaan. Ver weg van mij, dát in ieder geval, en er moet ook iets geweest zijn waardoor ze dacht dat ik bang was oud te worden. Had ik dat een keer gezegd? Bang omdat ik niet wist hoe dat gebeurde? Of bang om wie ik dan was?

Ik weet ook niet meer wat de tijd die Kaia en ik samen doorbrachten betekende, maar over tijd kun je nooit zeggen dat die er niet toe deed. Alles doet ertoe, alles.

Het is gebeurd, denk ik later. Dan kun je er niets meer aan doen, de gebeurtenis doet nog van alles met jou, maar dat is alleen maar afwachten. Bij zo'n gedachte kijk ik naar buiten. Daar is van alles te doen, maar de straat is leeg, de hemel is leeg, ik probeer een omtrek van deze kleine wereld te ontdekken, maar die is er niet. Een paar seconden verveelt de tijd zich met me en daar voel ik me schuldig over.

Dit maakte ik vaker mee, de bleke donkerslag tussen de

beelden van het verhaal dat ik meenam naar later, naar de tijd dat ik daarover eindelijk kon nadenken. Een beeld voor zo'n bleke donkerslag is toen ik na de dood van mijn vader het ouderlijk huis verliet, voor even, om iets te halen, ik moest daar natuurlijk blijven om van alles te regelen. Marleen was met de rouwclown aan de praat – zo noemde ze de gedrongen man van het uitvaartbedrijf, moeder maakte soep, waarom weet ik niet, maar dat zei ze: 'Ik ga een grote pan soep maken.' Alsof ze daarmee een nieuw leven begon, het leven zonder haar man die nu met een peinzende mond in hun bed lag. Een grote pan soep. Ik weet wat ik moest halen, muziek. Daar had de rouwclown om gevraagd: 'Van welke muziek hield vader?'

'Hij is je vader niet,' zei Marleen met tierende ogen.

De deur viel achter me dicht en dat klonk rauw, alsof die bars in het slot gesmeten werd, alsof ik moest denken: zo, nu sta ik buiten. En ik keek om me heen om te zien wat dat allemaal was, dat buiten, en wist niet waarnaar ik moest kijken en in welke richting de muziekwinkel was, eerst naar het grote plein en dan een van de afslagen nemen, dan kwam ik die winkel vanzelf tegen, hoelang was het wandelen, een minuut of tien, een paar uur, welke route?

Ik loop met voorzichtige passen. Het is de straat waar ik opgroeide. Er waren minder auto's. Je kon op straat spelen, je moest natuurlijk wel uitkijken, maar dat moest je altijd, overal. En nog steeds, soms uitsluitend.

Marleen vroeg: 'Moeten we Alèx niet bellen?'

Ik vroeg: 'Waarom?'

Die vraag voel ik loodzwaar in hoe ik mijn voorzichtige passen zet.

Of zijn vader nog leeft weet ik niet. Ik hoop het niet, voor hem, voor die vader. Sander heeft nooit meer iets van zich laten horen. Ik heb nog weleens gebeld naar een telefoonnummer in Groningen. Dat stond bij het laatste adres dat ik van hem had opgeschreven.

Ik kreeg een vrouw aan de lijn of misschien wel een meisje met de stem van een vrouw, en die vroeg: 'Wie zegt u?'

'Sander Hempel. Alexander.'

'Die naam zegt me niets. Ik zal even informeren. Blijf even hangen.'

Terwijl ik bleef hangen, zo voelde het ook, wist ik zeker dat ik daar voor niets hing. Vaak is het zo dat wanneer iemand zegt even te zullen informeren, er een zinloze gang van zaken plaatsvindt. Voor bijna niemand geldt dat er even naar hem of haar te informeren valt.

'Bedankt voor het wachten. Nee, die naam zegt niemand iets.'

Ik kon me nog net inhouden en zei gelukkig niet 'Fijn', wat ik soms te vaak zeg, maar: 'Nou, dank voor de moeite in ieder geval.' Zo'n zin die zich als een vuiltje in je oog gedraagt.

Kaia had me ooit eens gezegd of gevraagd, soms weet je niet of iets een vraag is of juist geen vraag: 'Als we in ons hart kijken, willen we dan niet het liefst alleen zijn?'

Ik zei of vroeg: 'Kunnen we iets anders?'

Kaia zei dat we zo ongeveer leefden, net alsof we dat wel konden. Ze zei: 'Dat is eigenlijk best vertederend. We zijn vertederend, maar dat houdt natuurlijk een keer op.'

'Natuurlijk.'

Ik herinner me dat gesprek, niet hoe we eraan begonnen, niet hoe het eindigde, ik herinner me de herfstige namiddag, het einde ervan, de schemering waarin nog wat goud glansde, de avond kreeg geen kans avond te worden. Voor het huis stond lang een lage zilverkleurige auto waaruit oude Franse liedjes klonken.

ALTIJD DIE DOMME VERLEGENHEID

Haar lachen

Toen mijn moeder was overleden, nam ik haast niets mee uit het ouderlijk huis. Marleen wilde de fotoalbums graag, ze zei dat ik ze bij haar altijd kon doorkijken, natuurlijk. Ik wees naar een platte, zilverkleurige doos die zij onder het bed van moeder had weggehaald: 'Weet jij wat daarin zit?'

'Geen idee. Maak maar open.'

Hoe vreemd ook, ik vond het geen doos die ik meteen moest openen, ik zette hem bij de twee kleine etsen die ik ooit aan mijn ouders had gegeven en waarvan Marleen het normaal vond dat ze weer voor mij waren.

Die doos maakte ik pas open, ik was hem even vergeten. Een poëziealbum, wat brieven van haar moeder die er zo intiem uitzagen dat ik er afbleef, en een aan mij gerichte ansichtkaart, een zeegezicht met achterop de tekst: *Een zoon van zestig! Wie had kunnen denken dat ik dat zou meemaken?* Hij was voor mijn verjaardag bedoeld, waarom had ze die vijf jaar geleden niet verstuurd? Ze belde die dag, vroeg, want ze wilde als ieder jaar de eerste zijn. 'Ben ik de eerste?'

'Ja, moeder.'

'Gelukkig. Een zoon van zestig. Wie had kunnen denken dat ik dat zou meemaken, jongen.'

Ook in de doos: een roman van de Amerikaanse schrijfster Danielle Steel, *Het einde van de zomer*. De laatste jaren van haar leven las ze Danielle Steel graag, hoewel ze zich er ook voor schaamde. Ik kwam vaak onverwacht bij haar op bezoek, wat ze toejuichte, want ze hield ervan verrast te worden. Een keer lag er een boek van Danielle Steel naast haar stoel. Na haar begroet te hebben, ging ik naar het toilet en toen ik weer in de kamer kwam, was het weg.

Ik bladerde het boek door en stuitte weer op een ansichtkaart, een foto van de kathedraal van Gaudí in Barcelona. Ik draaide de kaart om en zag onder drie kruisjes twee namen staan, die van Sander en Martha. Ik keek naar het poststempel dat maar deels leesbaar was, ... 8.1972. Ik wist dat Sander de zomer na ons eindexamen naar Spanje ging. Dat wist ik.

Ben ik naar Marleen gegaan om te vragen of ze nog weleens iets van Sander heeft gehoord? Komt ze met een antwoord dat ik helemaal niet wil horen?

Ik vind mijn zusje veranderd. Dat vond ik al toen ik haar voor het laatst zag, op de begrafenis van mijn moeder, hoewel we toen nauwelijks met elkaar gesproken hebben. Ja, om van alles te regelen, twee of drie zittingen met een vrouw van de uitvaartorganisatie, die licht sliste en ontzettend langzaam sprak en dwangmatig articuleerde, uit piëteit, geloof ik. Tijdens het uitspreken van belangrijke woorden sloot ze even de ogen.

Marleen zei toen niet veel, haar man deed vooral het woord, Fernand, een man van wie ik zeker wist dat hij goed voor haar was, ook beeldend kunstenaar, weliswaar installaties, maar dat hoeft niet altijd rampzalig te zijn. Soms decors, vooral voor opera's, laatst weer een waarin iedereen in een bebloede slagersjas rondliep, maar zijn decor was zo ontstellend licht van structuur en uitstraling dat die slagersjassen weer konden. Er waren in ieder geval geen rode rozen rood geverfd.

Hun huis bevalt me. Ook omdat het zo licht is. Veel hoge ramen. Een tuin die hoort bij de duinen. Altijd het geluid van de zee. Dat geluid gaat heen over alles wat we over tijd en het verstrijken van tijd denken.

Ik vraag hoelang ze al weg is uit Groningen, hoelang ze hier al woont. 'Weet ik niet, het lijkt altijd.'

In de ruimte waar ze me ontvangt, hangen tientallen foto's van de *Mona Lisa* aan de muur, in heldere kleuren, met daarop telkens een andere glimlach geplakt, kersenrode lippen, met zo'n natte glans. Binnenkort heeft ze een expositie waar ze dit werk laat zien. 'Er is zo veel over onze tijd te zeggen dat je niet meer weet wat. Het beste is als er alleen maar een glimlach overblijft.'

'Waarom de *Mona Lisa*?' vraag ik. Ik ben altijd terughoudend met vragen aan beeldend kunstenaars, bang dat ze dom zijn of er niet toe doen, maar deze is er ineens uit.

'Daar kwam ik op het idee. Toen ik voor dat schilderij stond, tussen een stuk of vijftig doodstille Japanners, voor de zoveelste keer. Haar glimlach is tijdloos, sorry voor de open deur, er wordt al een paar eeuwen over gesproken.'

'Haar tijd was anders dan de onze. Misschien lachte je toen anders.' Ik moet mijn mond houden, maar ik denk dat ik zo graag met mijn zusje wil praten. Ik vind haar meer mijn zusje dan vijftig jaar geleden. Ik wil geïnteresseerd zijn, in haar, haar werk, Fernand, hun leven. Vond ik haar toen mooi? Ik geloof het niet, waarschijnlijk omdat de jongens met de tennistruien haar mooi vonden. Nu kijk ik graag naar haar, ook omdat ik niets van mezelf in haar terugzie. Ze heeft een diepe rust over zich en die rust zit ook in haar trekken. Die trekken hebben te maken met de edelmoedigheid waarover onze ouders het zo vaak hadden. Ze had nooit zin daarnaar te luisteren. 'Zij altijd met die edelmoedigheid van ze.'

Wat ben je in die tijd al van wat je later wordt? Dat bén je volgens mij ook dan al, wat je later wordt dus. Je moet in de loop van je leven veel van jezelf loslaten om uiteindelijk degene te zijn die je wilt zijn. En wie je wilt zijn, ben je natuurlijk al als je dat wilt.

Ze heeft mij nog niets gevraagd, maar daar heb ik geen last van. Dikwijls ben ik in het gezelschap van mensen die uitsluitend over zichzelf spreken. Ik ben het gewend, verwacht niets anders. Zonder dat ze het in de gaten hebben kan ik niet naar hen luisteren. Ik knik zo nu en dan, probeer mijn woede belachelijk te vinden. Ik denk aan mijn vader die met Camus zei dat als je voor het leven kiest je ook de absurditeit ervan moet accepteren. Mensen die het alleen maar over zichzelf hebben, horen daarbij. Mijn slappe lach kan ik goed camoufleren, ook natuurlijk omdat ik weet dat ik op iemand lijk tegen wie je lekker aan kunt praten. Op die sociale vaardigheid kan ik zo nu en dan trots zijn.

Van het praten van mijn zusje heb ik geen last. Er zit continu verbazing in haar stem, van die zoekende, lachende verbazing. Prettig is het om daarnaar te luisteren. Dat is het woord: prettig. Toen we kind waren, begreep ik natuurlijk heus wel waarom ze geliefd was bij de jongens met de tennistruien op hun schouders, maar nu zou ik verliefd op haar kunnen worden als ze niet mijn zusje was, een meisje dat zo fascinerend in de zestig is, met grote ogen en mond met een glimlach die ik niet kende, zo'n glimlach die laat zien dat ze veel begrijpt van wat er nauwelijks te begrijpen is. Oudere Franse actrices kunnen sterk zijn in zo'n glimlach. Ik moet aan Franse actrices denken omdat ik in de korte periode met Lena veel Franse films zag. Daar ben ik lange tijd mee doorgegaan.

Al de hele tijd hoor ik in de verte muziek. Als je die niet negeert, komt die steeds dichterbij. Niet omdat ze harder wordt gezet, maar omdat je gehoor er steeds meer naar gaat verlangen, als het tenminste muziek is om naar te verlangen. Ze ziet dat ik die muziek hoor.

'Fernand draait altijd filmmuziek als hij aan het werk is. Ja, natuurlijk niet zomaar filmmuziek, maar van die muziek die je van alles laat zien. Deze is vrij oud, geloof ik. Maar wat is oud? Zijn wij het? Nee toch.' Ze luistert even met gesloten ogen, haar hoofd knikt bijna onmerkbaar. 'Preisner. Zo heet de componist, Preisner. Een Pool. Of een Tsjech, geloof ik. Daar in de buurt. Weet even niet hoe die film heet. Over twee vrouwen die dezelfde vrouw waren, zoiets.'

'Zie ik Fernand nog?'

'Hoelang blijf je?'

'Ik ga zo weer.'

Marleen zwijgt even, ze kijkt me aan, dan naar buiten, zacht zingend zomerlicht. Het eeuwige geluid van de zee zit in dat licht.

'Waarom ben je gekomen?' vraagt ze. Ze lacht: 'Je bent hartstikke welkom. Dat bedoel ik niet. Maar zo ineens. Ik dacht eerlijk gezegd...'

'Wat dacht je?'

'Je bent zo vluchtig. Dat dacht ik al zonder dat ik je zag, ik dacht het al die jaren, misschien omdat ik toen al zeker wist dat je nooit anders dan vluchtig kon zijn. Ik ken je nauwelijks, we groeiden ver van elkaar op onder hetzelfde dak, papa en mama waren geweldig, maar ik kende je niet. Later ook niet. We zagen elkaar bijna nooit, ik geloof dat we dat beiden normaal vonden. Je bent zo vluchtig. Je bent toch altijd alleen?'

'Niet altijd. Ik vind het niet erg.'

'Weet ik. Ik geloof dat je kiest voor wie je bent. Voor die vluchtigheid ook. Of niet?'

Ik knik. Ik open de slaapkamerdeur. Ik zie hen liggen, Marleen en Sander. Ik vind het niet belangrijk meer, maar het beeld maakt zichzelf belangrijk. Dat komt niet door mijn belachelijkheid, maar omdat ik helemaal niet hoor bij dit soort gebeurtenissen, gebeurtenissen die je leven maken tot wat het is. Is dat mijn vluchtigheid?

'Ik wilde weten hoe het met je gaat,' zeg ik. 'Misschien ben ik bezig mijn leven een beetje te ordenen.'

'Misschien? Een beetje?'

'Weet je waar ik woon?'

'Ik heb nooit geweten waar je bent. Zeker niet met wie,

als dat al zo was.' Ze wijst naar een kleine ijskast in de hoek. 'Drinken we wat?'

Ik kijk op mijn horloge.

Marleen lacht, niet spottend, ze zegt: 'Ik vraag niet hoe laat het is, maar of we wat drinken.' Ze loopt naar de kleine ijskast.

'Ik drink nooit in de ochtend,' zeg ik. 'Een woonboot aan de rand van de stad, best groot, tussen hoog groen, je moet echt goed kijken om me te vinden. Ik heb dat altijd gewild. Op zo'n plek wonen heb ik altijd gewild. Met boeken, mijn werk, muziek. Dan is die vluchtigheid er niet, hoor.'

'Als je alleen bent,' zegt ze. Ze houdt een slanke groene fles omhoog. Ik knik. Wat prachtig om met mijn zusje in dit licht een glas wijn te drinken. Alsof we iets inhalen.

'Ik werk nog wel,' zeg ik. 'Maar ik zit vooral te lezen en kijk films. Ik maak aantekeningen, niet voor mijn werk, maar ik zoek woorden voor herinneringen die er de hele tijd zijn.'

'Aan mij bijvoorbeeld?' Ze lacht weer. Ik weet zeker dat ze dat niet spottend kan. Haar lachen is een manier van praten.

'Nou, aan die jaren toen.'

'Toch niet alleen maar?'

'Nee! Nee, zeg. Er zijn zo veel beelden, ook van later...' Ik weet niet hoe ik het duidelijk moet maken. Misschien is dat het punt wel. Weer voel ik de afstand tussen mijn leven en wie ik ben. Het net als die muziek die ik in de verte hoor. Als ik goed luister komt die verte niet dichterbij, maar de muziek wel, maar toch ook weer niet dichtbij genoeg, niet zo dichtbij als ik zou willen. Deze gedachte kan ik niet helder maken aan mijn zusje, die met twee glazen wijn voor me staat. Fonkelende wijn – dat zeggen ze dan.

'Het is wel wat ik wil,' zeg ik. 'Misschien is het monomaan, maar het is een manier van leven waarvoor ik nu kies. Nou ja, nu, dat nu duurt ook niet eindeloos meer, het is mijn manier van leven.'

'Het is dus niet erg alleen?'

'Helemaal niet,' zeg ik. Mijn woorden zijn me weer voor. Vind ik dat? Het gaat niet om wat ik vind. Is het zo?

We drinken wijn, mijn zusje en ik. Het is een tafereel. Dat stel ik vast, tevreden, zelfs gretig: dit is een tafereel. Het is zo geruststellend dat ik er best even in kan wegzakken. Het voegt zich ruim in een beeld, ik weet het zeker. Goed om naar te kijken.

'Heb je nog weleens iets van Sander gehoord?' vraag ik. Ik ben blij dat die vraag eruit is.

'Ah, Alèx. Wat ergerde je je als ik hem zo noemde: Alèx. Ik had dat natuurlijk heus wel in de gaten. Ach, ik snapte niets van je, niets.' Weer haar lach. 'Ik was zo'n dweperig bakvisje. En weet je, ik vond hem ook Alèx, een echte Alèx.

En ook zo treurig. Hij was al zo vroeg door het leven alleen gelaten.'

Ik kijk haar vragend aan. Nu ziet ze pas dat ik het belangrijk vind.

'Ja, toen nog een paar keer. En wonderlijk genoeg, je gelooft het niet, de laatste tijd weer. Pas één keer trouwens. En toen had hij haast. We omhelsden elkaar even, maar hij had daar, geloof ik, geen zin in. Hij keek om zich heen of iemand het zag.'

'De laatste tijd?' Ik schrik. Er is iets. Ik moet op mijn hoede zijn.

'Fernand is gevraagd het decor te maken voor een eindexamenproject van de toneelschool. In Amsterdam dus. Ze doen iets met Duras. En uiteraard geeft hij ook een paar lessen, een workshop, zoiets.'

'Wat heeft dat...'

'Alèx werkt daar.'

Ik merk dat ik mijn best doe dat de gewoonste zaak van de wereld te vinden. Ik loop naar het open raam en met mijn rug naar haar toe vraag ik wat hij daar dan doet, werkelijk zo nonchalant mogelijk, maar de vraag wordt bijna door mijn tanden tegengehouden.

'Dat Groningen werd niks toen. Je weet dat hij geschiedenis ging studeren. Was volstrekte onzin, tijdverlies, zonde van de moeite. Alèx en geschiedenis, kom op zeg. Hij heeft wat gezworven en kwam uiteindelijk in Parijs terecht. Ik weet het ook niet precies, ik heb het via Fernand. Hij heeft daar theater gedaan, een opleiding, geloof ik, of het in de praktijk geleerd, daar wil ik vanaf wezen. Hij heeft in ieder geval jaren daar gewerkt. Ook in Canada, ik weet het niet precies, je moet het Fernand vragen. Hij geeft in ieder geval toneelles op die school. Nu dus. En hij is ook betrokken bij dat Duras-project, rond *India Song*. Hij is gastdocent. Ken je dat stuk, *India Song*?'

Ik knik. 'Lang geleden.' Ging het niet over stervend verlangen en gestorven verlangen. Hoe kom ik op die woorden? Heb ik er ooit iets over gezegd? Wat kan mij die *India Song* nu schelen?

'Vandaar dat Fernand hem soms spreekt. Ik vond het leuk hem weer eens te zien. Hoelang is het nu geleden?'

Die vraag moeten we mijden: hoelang is het nu geleden? Het leidt nergens toe dat te vragen.

'In 1972. Ons eindexamen,' zeg ik.

'Nee, daarna ook nog een paar keer. Hij was weleens een weekend daar.'

'Waar is daar?

'Hij had even wat met, hoe heet ze ook alweer, jij kent haar ook? Volgens mij heb je ook even iets met haar gehad, héél even, als ik het goed begrijp. Je weet wel, zo'n opvallende griet. Met van die laarzen. Maaike? Martje?'

'Martha.'

'Martha. Die. Ik heb nog eens in Arnhem met ze gegeten. In het Sonsbeekpark. Een zomeravond. Was gezellig. En daarna nog een keer, maar toen was het alweer uit met die Martha. Hij was al gestopt in Groningen, geloof ik. En toen was hij weg, daarna was hij weg, verdwenen. En nu hoorde ik van Fernand dus...'

Ik kan even niet luisteren. Ik buig me naar voren, de tuin in, ik moet me concentreren op mijn ademhaling. Niet iedereen komt altijd terug, maar wel als dat moet gebeuren natuurlijk, als het niet anders kan, als het *nodig* is. Ik kan niet meer beginnen over die namiddag toen ik de deur opendeed van Sanders kamer. Het is zo onbelangrijk. Ja, zo lachwekkend onbelangrijk. Het is niets meer.

Marleen is al midden in een zin over iets anders als ik haar weer hoor. Ze zegt dat ze mij ook wat vaker wil zien. 'We hoeven heus niet elkaars deur plat te lopen.'

Ik schud mijn hoofd. Ik loop nooit deuren plat, nergens. Ik doe ze soms open, ik sta soms in deuropeningen.

Dan komt Fernand de kamer binnen. We zien elkaar voor de derde keer, maar hij omhelst me en kust me onder mijn oor. Zijn begroeting bevalt me, merk ik. Hij heeft het met Marleen over een paar praktische zaken, afspraken die gemaakt of afgezegd moeten worden, ze staan met hun agenda's en mobieltjes naast elkaar. Hun dagen zijn vol beweging, dat is aan hun gebaren te zien. Ik kijk naar ze, voel me jaloers op hun manier van leven, op de richting die het heeft, op hun zekerheden, hun werk, de schoonheid van wat ze willen, op wat ze allemaal begrijpen en wat ze met dat begrip kunnen.

'Je kunt meerijden,' zegt Fernand. 'Ik moet straks op school zijn.'

Graag was ik met hem meegereden, hij is iemand bij wie je graag bent, wat ik natuurlijk niet kan weten, maar wat ik toch weet.

Ik zeg dat ik zelf met de auto ben.

Marleen vraagt of hij vanavond nog thuiskomt. Hij antwoordt dat het laat wordt, dat er in de avond nog een vergadering is, 'over dat gedoe'.

Marleen vraagt wat ze ermee gaan doen.

'Er komt een verklaring voor de media,' zegt Fernand. 'Ik weet het ook niet, maar volgens mij proberen ze het zo veel mogelijk intern op te lossen.'

Als Marleen ziet dat ik hen aandachtig gadesla, zegt ze: 'Er is gedoe met studenten. Docenten die te ver zijn gegaan.'

'Twee,' zegt Fernand.

'Dat zijn er twee te veel,' zegt Marleen. 'Ze moeten hun verantwoordelijkheid kennen.'

Fernand knikt met tegenzin. 'In de kranten blazen ze alles op. Ze zijn tuk op dit soort sensatie.'

'Ik heb niets gelezen,' zeg ik, maar dat kan makkelijk, want soms komt me weken geen krant onder ogen.

'Ach, alles is iedere dag weer anders.' Marleen wil er, geloof ik, niet meer over praten, ze is geïrriteerd.

Ja, alles is iedere dag weer anders. De vluchtigheid, de nauwelijks te volgen vluchtigheid, hoe ook vluchtigheid vervliegt.

In de schaduw van ons allemaal

Als ik terugrijd verbaas ik me over Marleen, over haar en mij. Het leek net of we twee mensen waren die veel wezenlijks met elkaar hadden. Dat is misschien zo, maar ik wist het niet, nog steeds niet. Dat ligt aan wie ik ben.

En uiteraard is er nog iets. Nou ja, iets. Soms lukt het me een gedachte weg te zetten, in quarantaine, tijdelijk, zeer tijdelijk in dit geval, en ook niet compleet, want wat er van die gedachte overblijft, voel ik in mijn ademhaling. Sander en Martha, Martha en Sander, ze eten bij Marleen.

Na tien minuten keer ik om. Er was iets in de kamer wat ik zag zonder het te zien, maar het zag mij, het vroeg me het te zien, ik weet het zeker. Ik schrik er niet van, ik ben rustig, en dat ben ik nog steeds als ik bij hun huis aanbel. Als Marleen opendoet, zie ik dat ze op het punt staat weg te gaan. Aan haar arm hangt een chique internationale tas met een kobaltblauwe pauw erop.

'Ben je iets vergeten?' vraagt ze.

'Nee. Ja. Mag ik even... Je hebt daar een foto hangen.'

'Een foto? Ja, zo veel. Waar, welke foto?'

'Bij de ijskast. Ik zag hem toen je de fles wijn omhooghield.'

Ze knikt en gaat me voor.

Het is een foto van Kerstmis 1971. Ik weet dat omdat het de laatste Kerstmis is die ik me in het ouderlijk huis herinner. Vader en moeder verhuisden in de zomer van het jaar daarop naar een appartement, meer in het centrum van de stad, tegenover een promenade die maar geen promenade wilde worden.

We zitten aan tafel. Aan moeder is te zien dat ze iets zingt, vader kijkt vrolijk naar haar, een sigaret rokend. Marleen zit bij me op schoot, ook zij lacht, ze schatert, van haar gezicht word je meteen vrolijk. Ik kijk naar mijn gezicht, ik ben ook vrolijk, maar vooral blij. En nu ik naar het tafereel kijk, snap ik die blijdschap ook. Het is de veilige onbevangenheid.

En dan zie ik Sander, hij staat schuin achter de kerstboom, het is alsof hij in de schaduw van ons allemaal staat. Hij kijkt kwaad, nee, alsof hij ziek is, misschien kwaad en ziek, misschien ziek door kwaadheid. Hij kijkt naar mij, naar Marleen en mij. Dat is moeilijk te zien op zo'n foto, hij kan ook naar vader en moeder kijken of naar ons allemaal, maar hij kijkt naar Marleen en mij, ik weet het zeker, kwaad en ziek. Had ik hem dat jaar gezegd dat je stilte kon zien? Nee, dat was eerder. Hij had een andere stilte in zijn hoofd, hij hoorde daar zijn woede in, maar toch was het stil, dat moest.

Ik zeg dat ik me dat kerstdiner herinner, maar niet dat zij en ik het zo leuk hadden, dat we zo vrolijk met elkaar waren.

'Maar het was niet altijd heel erg,' zegt Marleen. 'Tussen ons, bedoel ik. Soms waren we het leukste broertje en leukste zusje die er maar te bedenken waren. Misschien wel vaker dan soms.' Haar lach, de woorden van haar lach. 'Echt waar, hoor, echt waar.'

We lopen naar de deur. Daar omhels ik haar. Of het waar is wat ze net zei, maakt niets uit. Als ze het nu zegt, was het waar, is het in ieder geval nu waar. Zo omhels ik haar, lang geleden dat ik zo ontroerd was. Wat ik omhels is wat we van elkaar hadden moeten vasthouden. Ze weet niets van me, ik laat haar dat ook niet weten, bijna alles verdwijnt in vluchtigheid, nergens is tijd en ruimte om me te laten kennen.

Koperkleurig

Het regent hard als ik bij mijn boot parkeer, het waait, de wind jaagt de regen tegen mijn gezicht, het riet ruist als zwaar papier. Binnen zoek ik eerst muziek op van Preisner en dan blijf ik nog even in de duisternis zitten. Het is een namiddag in de zomer, maar het lijkt wel herfst, november, de meedogenloze maand, de maand van de harde grond en kale bomen, de loodzware hemel die korte metten met ons maakt en met alle herinneringen aan de zomer, aan alle zomers in ons leven. Terwijl ik naar de muziek luister, ben ik in de ruimte van Marleen. In de verte die muziek, in het atelier van Fernand. Ik zie de foto nu scherp voor mij, het is onmogelijk dat die me ontging, het is een belangrijke foto. Een tijdsbeeld. De jongens in dat tijdsbeeld, de ouders, het zusje, de kerstversiering, de stille avond en de stille straat achter de ramen, het gezongen lied, de uitbundigheid. Bijna vijftig jaar geleden.

Ik kijk naar Sander in de schaduw van ons kerstgeluk, ik kijk naar hoe Sander kijkt, in dat kijken zit alles wie hij is. Ik hoef mijn ogen niet eens te sluiten om te zien hoe hij zich omdraait en zijn blik over die achtenveertig jaar naar mij richt, hier op een boot aan de rand van de stad. Hij heeft me kunnen vinden, hij is al in de buurt.

Wat zeiden ze net over de toneelschool? Over het gedoe daar? Ik ontsteek wat lichten, zet de computer aan, zoek de berichten over de toneelschool. Van het vreemde stuk van Duras herinner ik me dat warmte koperkleurig werd genoemd, ik probeer me in die warmte, in die kleur te verplaatsen, ik wil weg van wat ik nu aan het doen ben, weg van de foto van het kerstdiner van toen, weg van veel dat er aan de hand is, maar ik lees de berichten over de toneelschool, de twee leraren, eerst drie, maar uiteindelijk bleven er twee over, de studentes die anoniem willen blijven en bang waren en afhankelijk van de leraren, over wie een beroemde ex-leerlinge in een talkshow nogal wat uit de doeken deed, niet speciaal over die leraren, maar de leraren uit die tijd, dat het heel gewoon was dat leraren met studenten naar bed gingen, dat studenten soms niets anders konden, omdat ze anders vergeefs gedroomd hadden van een leven waarop ze lang en vurig hoopten, al hun jonge jaren lang, dat alles, alles goed was als ze dát maar konden gaan doen, een droom die groter was dan alles wat er was.

Ik zie Sander. Met Marleen. Met Martha. Hij is in de buurt. Hij kijkt naar me, hij wil dat ik voel dat hij naar mij kijkt. En dat lukt hem, dat weet hij ook, dat het hem lukt, hem lukt veel, veel meer dan hij ooit dacht na die wanhopige middag toen de zomer bijna voorbij was. De koperkleurige warmte! Niemand had zich moeten bewegen.

Bij een schap met folders

Wat zei Lena ook alweer, in een andere tijd, op een dag van de dood, de groene dag waarop het naar water geurde? Over het toeval? Dat het belachelijk gemaakt kan worden als het leven te groot is? Zoiets. Ik zie ons lopen, ik moet uitkijken dat haar woorden niet in dat beeld verdwijnen. Wat zei ik? Of zweeg ik, dacht ik na over wat ze zei over het toeval? Zoals nu.

Er zijn mensen die zeggen dat ze er niet in geloven. Wat zeggen ze dan? Is het hetzelfde als niet in de wind geloven of in de zon in een Indian summer? Zeggen dat je er wel in gelooft, wat is dat dan? Wat geloof je dan? Ik weet meer van de eeuwigheid, van de eindeloosheid ervan, dan van het toeval, maar over de eeuwigheid kan ik ook nauwelijks iets zeggen, behalve verdwalend het woord uitspreken, dat langzame woord waarvan iedere letter plechtig slaapt.

Fernand staat voor de ingang van de school op me te wachten. Ik vraag of het niet te veel moeite is.

'Wat?' vraagt hij.

'Je hebt het druk, denk ik.'

Hij knikt en haalt zijn schouders op. 'Ik wist dat je kwam. Ik vind het leuk. Ik stel je belangstelling op prijs, maar ik heb alleen het begin. Ja, ik heb alles, maar alleen het begin is te zien, een basis. Alles moet fragiel worden, steeds fragieler en dan verdwijnen in licht dat we nauwelijks kunnen zien.'

'En het is warm,' zeg ik.

'Warm?'

'In dat stuk.'

Hij lacht. 'Dat is wel de bedoeling.'

'Koperkleurig warm.'

'Dat staat in de tekst, geloof ik,' zegt Fernand.

'Dat staat in de tekst. Woorden die je meteen ziet. En dan voelt. Ze komen op je af, bedrukkend, geheimzinnig.'

Het is vol in de hal van de school, er hangt een opgetogen spanning, het is net of er veel staat te gebeuren, ik voel me een indringer, een buitenstaander, durf niet goed om me heen te kijken, wat ik natuurlijk wel moet doen, al was het alleen maar omdat het toeval dat wil, wat ik onderhand moet weten, en ik weet dat ook wel, maar ik doe alsof ik mijn handen vol heb met indringer zijn, buitenstaander.

Fernand opent de deur van een toneelzaal. De stoelen

staan opgestapeld aan de kant. Ik zie stalen balken, bemoste ramen, kroonluchters.

Fernand legt een arm over mijn schouders. ‘Laten we het zo afspreken: dit sla je op en dan kom je over een paar dagen terug en dan hoop ik dat je deze, ja wat, ja, deze ingrediënten onthouden hebt.’

Er komen twee studenten binnen, een jongen en een meisje. Fernand wijst naar ze: ‘Nina en Lo. Ze helpen me. Ja toch, jullie komen me toch helpen?’

Ze geven me een hand. Het is prettig naar ze te kijken, aan hun ogen is te zien dat ze alles willen, alles wat maar mogelijk is, en nog meer; even voel ik me ver weg van hun energie, de energie die ik zo goed ken. De ruimte die ik tussen iedereen en mijzelf voel is nu zo groot dat ik er nauwelijks over kan nadenken, onmetelijk, ik moet echt weg, ik moet niet de indruk willen wekken dat ik hier iets te zoeken heb. Langzamerhand ga ik mezelf benauwen, ik weet het zeker. Niet zeiken, knaap! Niet zeiken, knaap! Knaap!

Fernand zegt tegen Nina, het lange meisje met de kleurrijke tatoeages op haar melkwitte armen: ‘Laat jij een kaartje voor hem klaarleggen? Je komt toch kijken? Marleen is er ook.’

Weer omhelzen we elkaar, Fernand en ik, weer vind ik het prettig. Ik loop de hal in, blijf staan bij een schap met folders van voorstellingen en evenementen in de stad, ik moet er meer aan gaan doen, vind ik serieus, en dan is er de stem: 'Pleeg staat achter je.' De stem is nauwelijks veranderd, de t's zijn alleen nogal krachtig, alsof ze die vier woorden strak moeten neerzetten. De handen van de stem pakken mijn bovenarmen vast, zo stevig dat ik me niet meteen kan omdraaien.

Een ander leven

Hij heeft een avocado uit een plastic zakje gepakt, heeft die opengesneden en lepelt de inhoud ervan leeg en smeert die uit over een opengesneden stokbrood, langzaam, tergend zorgvuldig, hoogst irritant. Zijn gezicht is zo bruin dat het wel geschminkt lijkt. Daardoor lijken zijn ogen ook grijzer dan toen, de kleur van een lege novemberhemel.

We hebben elkaar een tijdje aangekeken daar voor die schap met folders, glimlachend, we konden ons niet bewegen, geloof ik, we wisten echt niet wat we moesten zeggen.

Hij begon: 'Kop koffie? Wat eten?'

Ik knikte. Hij knikte, probeerde dat geruststellend te doen.

Het is tamelijk stil in de kantine. In een hoek klinkt zacht muziek, Arvo Pärt, herken ik, misschien is dat ook wel de muziek voor momenten als deze, momenten die maar snel voorbij moeten zijn, die alleen maar gekalmeerd worden door de muziek die erin te horen is, van die muziek waarnaar je alleen maar wilt luisteren, niets anders, met gesloten ogen. Dat kennen we toch, Sander en ik. We luisterden naar Bach, naar de cello, dat bond ons toch, ooit was het er, of verzonnen we dat het ons bond.

Het spijt me dat ik hier ben, dat ik Fernand heb gebeld en heb gezegd dat ik geïnteresseerd ben in hoe hij denkt over de vormgeving van *India Song*, ik heb er spijt van dat hij me een kans gaf Sander tegen te komen, ik wist dat het kon gebeuren, ik zocht de gebeurtenis op, maar nu weet ik niet wat ik met hem moet uitwisselen, ik voel niet eens genegenheid, maar dat komt ook doordat hij bij een leven hoort waar ik alleen maar omheen loop, het is niet van mij, het is niet mijn omgeving, ik omgeef me met wat ik bedenk, wat ik zelf in mijn hoofd haal en daar soms dolgraag laat. Waarom kan ik niet zeggen dat ik hem even wilde zien en dat dat nu gebeurd is en dat ik hem geluk wens, want dat wens ik hem oprecht, al het geluk dat ik me van geluk voorstel.

Het is net een masker, zijn gezicht. Hij buigt zich naar me toe, blijft even in die beweging hangen en trekt zijn hoofd dan terug. Hij hapt in het stokbrood.

'We hebben niets te zeggen,' zeg ik zo luchtig mogelijk. 'Omdat er veel te veel is. Er is geen beginnen aan.'

Terwijl zijn kaken het stokbrood vermalen, kijkt hij me

aan. Het zijn alleen zijn kaken die bewegen. In zijn ogen beweegt niets.

Ik kan ook opstaan, mijn hand goedmoedig op een van zijn schouders leggen en weggaan, hier nooit meer terugkomen. Wat kan me die voorstelling schelen, dat project? Ik ben op Fernand gesteld en bewonder zijn werk, maar het hoeft allemaal niet nu, hoewel ik goed weet dat ik zoiets niet al te vaak moet denken, want wat er nog aan tijd rest, begint te dringen en me streng op te eisen. Kan Sander nog iets aan die tijd toevoegen?

'Moeten we iets zeggen over toen?' vraag ik.

'Ligt er maar aan wanneer jij toen laat beginnen. Er valt alles over te zeggen, meer dan in ons leven alles kan zijn. Maar ik zou niet weten wat, op dit moment,' zegt hij, zijn hoofd schuddend. 'We waren anders toen.'

'Ik weet het niet.'

'Wat? Of we anders waren? Natuurlijk waren we dat. En toen kwam er nog een ander leven. Ik weet niets van je. O ja, ik weet wel iets van je. Ik spreek... Nee, maakt niet uit, maar ik weet iets van je, maar zo weinig, zo godvergeten weinig.'

Ik kijk over zijn schouders naar buiten, de lucht betrekt, er komt een lichtbruine kleur in. Hoort bij hoe ik mezelf benauw, die kleur die klam is en klammer wordt.

Sander haalt zijn schouders weer op, schudt weer zijn hoofd.

'Geloof me,' zeg ik. 'Ik heb nog nooit in mijn leven zo het gevoel gehad niets te kunnen zeggen, ik kan niets bedenken. Ja, je hebt nog iets met Martha gehad toen. Is dat wat?'

'Jézus, moeten we het daarover hebben? Dat is twee levens geleden, langer nog. We zijn nu echt te oud daarvoor. Martha ook, hoor. Ze is oma, weet ik. Een kleinkind van haar zit hier op school. Sonja. Sonja Bloemen. Ik werkte met haar, voor die voorstelling, voor *India Song*, maar niet iedereen in die productie zag me zitten. Daarom ben ik eruit gestapt. Geen punt. Klant is koning. Dat leer je hier wel. Maar ze hoorde me laatst zeggen dat ik uit Nijmegen kom. Waarom zei ik dat in hemelsnaam? Tegen wie ook alweer? Waarom zou ik het in godsnaam over Nijmegen willen hebben? Nou ja, ik zal het niet gewild hebben, het kon waarschijnlijk niet anders. En toen zei ze: "Mijn oma ook." En toen zei ik dat ik haar oma misschien wel kende, je wist het nooit, het was meer een lullig grapje, wat best kon nu ik mezelf over Nijmegen liet praten, dan is een lullig grapje op zijn plaats. En toen zei ze wie haar oma was en verdomd. Soms trekt het leven een fractie van een seconde samen en spat dan weer uit elkaar. Ken je dat?'

'Nou en of.' Het kan best zijn dat ik zoiets weleens schreef, in onze dagen, iets wat ik van Bach cadeau kreeg of wat Bach me vriendelijk en ook ernstig opdrong. Natuurlijk ken ik dat! Leer mij het leven kennen dat een fractie van een seconde samenbalt en dan weer uit elkaar spat!

'Leuk meisje, die Sonja. Ze heeft wel iets van Martha. Zie je meteen. Als je tijd hebt, moet je maar naar dat Duras-ding gaan kijken.'

Het Duras-ding. Ik wil het niet meer over Martha hebben in zijn bijzijn.

'Woon je hier?' vraag ik. 'In de stad, bedoel ik.'

'Appartement ver in West, maar het is kamperen daar.'

'Kamperen?'

'Ik woon in Parijs, man. Al dertig jaar, nee langer. Was er ook even weg en toen weer... Wat maakt het uit. Parijs.'

'Er is wel eens een stuk van me gespeeld.'

'Wist ik niet. O ja, je schrijft stukken. Ach, ik weet zo veel niet.'

'Ik ook niet. Kunnen we daar iets aan doen?'

'Nee.'

Ik sta op, steek mijn hand naar hem uit. 'Misschien zie ik je nog eens.'

'Waarom ben je eigenlijk hier?'

'Ik was even bij Fernand.'

'O ja, die doet Duras. Hé, daar is Sonja. Die Sonja. Zie je? Sonja.'

Hij wijst naar een meisje dat in gedachten de kantine binnenloopt, ze heeft een boek onder haar arm, in haar andere hand een flesje water. Ik zie dat Sander haar wil roepen, maar weet dat door een gebaar te voorkomen. Het meisje kijkt nu onze kant op, ik zie haar gezicht, maar wil het niet zien. Ze draait zich om naar de deur, lacht.

'Ik moet weg,' zeg ik. 'Ik moet echt weg.'

Aanpakken

Martha zit aan een tafeltje naast de ingang van de theaterzaal, met haar rug naar me toe, maar ik zie dat zij het is. Het is niet alleen haar haar dat in de war zit, nee, het is vooral iets verlegens, in haar schouders, in haar rug zonder dat daaraan iets duidelijk te zien is. Ze praat met een vrouw die af en toe naar de deur wijst en gespannen knikt, misschien ook een moeder of oma van een van de spelers. Er komt een man bij die onhandig drie bekertjes koffie vastheeft. Een daarvan valt op tafel, de vrouwen deinzen lachend terug, met duizend armgebaren.

Pas na afloop, tijdens het applaus draait ze zich om, terloops, zonder opvallend doel en dan kijken we elkaar aan, ze schrikt, ik ook, maar misschien omdat zij schrikt. Zo gaat het dus, denk ik. Ik heb zo lang op dit moment gewacht, er gespannen naar uitgezien, ook al zou het best kunnen dat het volgende moment helder zou maken dat ik mijzelf iets had wijsgemaakt. Dat is niet zo.

Ze kijkt weer naar de spelers die voor de tweede keer buigen, twee jongens in witte pakken, op blote voeten, geven ze bloemen, ieder één, witte rozen.

Het zaallicht gaat aan. Martha legt haar hand op de schouder van de vrouw die voor haar zit, die vooraf met haar aan dat tafeltje zat. De vrouw staat op, ze kijkt mijn richting uit, langs de bovenarm van Martha, die zich niet heeft omgedraaid.

Ik weet niet wat ik moet doen, 'hoe ik het moet aanpakken' – dat zijn de woorden die ik zeg als ik Martha bij de bar een glas wijn aanbied, nog steeds op school. 'Ik heb verleerd hoe ik het moet aanpakken.'

Ze lacht. 'Was je daar ooit handig in?'

'Nee,' zeg ik. 'Altijd die domme verlegenheid.'

'Niet dom. Ik ben ook onhandig. We zijn onhandig.'

'Nu weet ik weer niet hoe ik het moet aanpakken.'

'Wat wil je aanpakken?'

'Dat ik iets zeg wat belangrijk is.'

Ik kijk om me heen of ik Sander ergens ontdek. Ik heb hem niet gezien vanavond. Misschien is het Duras-ding niet iets wat hem nog interesseert, zeker niet nu een van de spelers bezwaar heeft tegen zijn betrokkenheid bij de productie. Sander is misschien wel een ijdeltuit.

Dan komt Sonja Bloemen naar haar toe. Ze omhelzen elkaar.

'Vond je het iets?' vraagt Sonja.

'Iets? Iets?' zegt Martha. 'Ik vond het subliem. Subliem, schat, subliem.'

Ik zie Marleen de theaterzaal uit komen, ik zwaai naar haar en wijs naar Martha. Zij zwaait ook, met een opgestoken duim. Ze wil onze richting uit komen, maar wordt dan afgeleid door iemand die ik niet kan zien, Marleen kijkt die kant op, ze wijst vragend op zichzelf en gaat er dan heen. Er is iets aan de hand. Waarom ga ik daar niet naartoe, ik zie toch dat er iets gebeurt? Ik zie het!

Martha vraagt: 'Dit is Sonja. Ken je Sonja?'

Ik geef haar een hand. 'We hebben elkaar even gezien toch?'

'U bent toch een vriend van Fernand?'

'Zeg alsjeblieft jij!'

'Jij bent toch een vriend van Fernand?'

'Hij liet me deze week zijn decor zien.'

'Ja, goed hè.'

'Erg goed.'

Martha pakt mijn hand vast. 'Hij is een oude vriend van me.'

Die komt wel

'Ik loop met je mee naar Centraal,' zeg ik. Ik durf haar niet voor te stellen dat ze bij mij kan overnachten. Slapen is overnachten geworden. Eerst nog wat drinken, misschien zo veel dat onze herinneringen ervan gaan dansen, en dan naar mijn boot. Voor veel in het leven is moed nodig. Dat hoeft niet moeilijk te zijn, maar is het vaak wel.

'Mag ik je een arm geven?' vraagt Martha.

Ik vind dat zo'n mooi, intiem gebaar.

'Natuurlijk,' zeg ik. 'Wist je dat we elkaar ooit terug zouden zien?'

'We hoeven ook níét te praten.' Haar stem is zacht, ik moet mijn hoofd naar haar toe buigen. 'We hoeven ook niets te zeggen.'

'We zijn heel erg zonder elkaar oud geworden,' zeg ik.

‘Ja, dat bedoel ik. Jij kunt het goed zeggen. Daarom zijn al te veel woorden echt niet nodig.’

‘Nee,’ zeg ik. ‘Maar wat is wel nodig?’

‘Wat wil je? Bedoel je dat? Wat wil je? Wat hebben we te willen?’

Hoeveel stappen zijn het van dat uitkijkpunt in Nijmegen naar de Amsterdamse Nieuwmarkt waar we nu bijna zijn? Wat is er voor nodig om van die kille decemberschemering een avond in de vroege zomer te maken? Er hoeft alleen maar een wind op te steken, niet eens een seconde, en dan zijn die momenten verbonden. We hoeven alleen maar even niet op onze horloges te kijken. En dan weer wel, nonchalant, en dan is er onnoemlijk veel tijd voorbijgegaan.

‘Ik mag je toch wel iets vragen?’ vraag ik.

Martha lacht.

‘Als we zo oud zijn als nu mogen we elkaar alles vragen. Dat lijkt me het minste.’

Toch vind ik de vraag moeilijk: ‘Was je in de buurt toen?’

Ze loopt wat langzamer, we staan bijna stil.

‘In de buurt? In de buurt waarvan?’

Ik sla misschien te veel over. Misschien moet er veel van toen opgetild worden, over duizend andere momenten heen, duizend andere momenten waarover ook best iets te vragen valt. Misschien moet mijn vraag over al die momenten heen.

'Weet je nog, die brief die ik je schreef? Toen ik twintig werd?'

'Natuurlijk herinner ik me die brief! Natuurlijk! Ik heb die lang bewaard. Niet alleen thuis, maar ook... Ik had een klein mapje. Daar zaten foto's van papa en mama in, een gedicht van mijn grootvader dat hij schreef toen ik pas was geboren, mama's vader, een gedicht over de snelheid van het leven, echt waar, en ook jouw brief. Zat in dat mapje. En toen is er een keer een koffer kwijtgeraakt. Daar zat dat mapje in. Ik was een paar weken in New York geweest. Ja, dat was nog voordat Sonja geboren werd. Het ging niet zo goed met Dirk, mijn man toen, niet zo goed tussen ons. Ik moest een tijdje weg, vond ik. Vond hij ook. Ik was nog nooit in New York geweest. Een collega van me, uit het ziekenhuis. Weet je dat ik dermatoloog ben geworden?'

Ik wist het, weet niet hoe, maar ik wist het. Ik vind het niet erg dat Martha uitvoerig is.

'Ze komt uit New York, die collega. Haar ouders hebben een appartement in Lower Manhattan, maar zijn bijna altijd in hun vakantiehuis in Martha's Vineyard, ze tennisten vaak met John Updike en zijn familie. Ach, ze zijn allang dood. Maar toen waren ze in dat vakantiehuis, het hele jaar, want zij moest aansterken, die moeder, ik weet niet waarvan. Ik mocht het appartement gebruiken. Hoelang is het geleden? Je moet me geloven, ik dacht vaak aan je, daar ook. Ik las zelfs op een avond die brief, ik weet niet waarom. Ook het gedicht van opa. En jouw brief. En ik dacht aan je, aan onze levens. Ik dacht er zo sterk aan dat ik de volgende dag dacht dat ik je zag lopen, haastig, gespannen, geloof ik. Het regende hard, je verdween in die regen. Ach, wat een onzin nu. Nee, geen onzin, natuurlijk geen onzin. Zoiets kun je toch denken. Waarschijnlijk heb je dat nodig dan. Toch? Twintig jaar geleden, ruim twintig jaar. Ach, lieverd, twintig jaar. O ja, en op de terugreis is mijn koffer kwijtgeraakt. Ze hebben echt hun best gedaan hem terug te vinden, maar hij was kwijt. En daar zat dat mapje in, in een zijvak. Met jouw brief. Maar ik weet nog wat erin stond. Zit in mijn herinneringen. Natuurlijk. Ach, die brief.'

'Ik heb nog een paar kladversies. Ik deed er lang over.'

'Misschien was het ook wel een belangrijke brief,' zegt ze.

Voor café De Zon staat een graatmagere man in een T-shirt met Guns N' Roses erop vuur te spuwen. Martha blijft even staan, ze zoekt in de zak van haar jasje naar geld.

'Hoeft niet per se,' zeg ik.

'Ze spugen niet voor niets vuur,' zegt ze. 'Niemand doet dat zomaar.'

Ze gooit wat munten in een witte pet.

Ik zeg: 'Maar als je het een belangrijke brief vond...'

'Ja?'

'Waarom kwam je dan niet?'

'Naar de Sterreschansweg?'

'Ja!'

'Maar lieverd, ik was er! Ik was gekomen!'

Het is druk op de Zeedijk, maar even is het alsof alleen wij tweeën er zijn, we staan midden op straat, al het lawaai om ons heen is geroezemoes in de verte geworden.

'Natuurlijk was ik daar!' zegt ze weer.

Ik kijk haar aan. Ze heeft grote ogen opgezet. Haar mond ziet er angstig uit.

'Maar ik was er ook,' zeg ik. 'Ja, natuurlijk was ik er ook. Ik heb nog even aan de overkant gestaan, maar er ontging me niets. Ik ben daar zeker een uur geweest, langer misschien. Misschien had je je in de tijd vergist. Dat dacht ik.'

'Je was twintig geworden.'

'Ja!'

'Ik had een boek voor je meegenomen. Een cadeau.'

'Een boek!'

'Ja, van Remco Campert. *Hoe ik mijn verjaardag vierde.* Voorin had ik geschreven: *Met mij!* Ik heb het nog. Als Sonja het tenminste niet heeft meegenomen. Alles wat ik mooi vind, wil ze hebben. Ik heb haar opgevoed. Haar moeder, mijn dochter... Maar nee, dat is een ander verhaal. Voert veel te ver nu. Toen ze twee was, kwam ze bij mij, bleef ze bij me. Lang dacht ze dat ik haar moeder was. Een geschenk was ze. Nog steeds. Ze lijkt op me. Dat zegt ze zelf. Dat wil ze ook. Ze wil op me lijken.'

Martha is steeds sneller gaan praten. Ze is nerveus. Ik ook. Een misverstand, een vergissing maakt ons nerveus.

We lopen verder, maken weer deel uit van een sloom bewegende massa, uit alle windstreken gekomen om de stad autoritair op te eisen.

'Ik was zo blij met je brief. Dat je op je verjaardag zo vroeg de deur uit was gegaan om die brief te bezorgen. Ik wilde je bellen, ik wilde je feliciteren, maar mama zei altijd: niet te gretig doen!'

Ik voel dat ik even niets kan zeggen, dat ik niet eens mijn best moet doen dat te proberen. Ik heb het ineens erg warm, veel te warm, het benauwt me, er is te veel benauwenis. Wat is er toch? Ik weet het, maar het is niet waar, het is te stom om waar te zijn.

'Ik kon niet wachten,' zegt Martha.

Nog even en we zijn bij het station. Ik weet niets van haar leven, met wie ze is, waar. Ja, in Nijmegen. Dat heeft ze gezegd, dat ze de laatste trein naar Nijmegen wil halen, maar ik kan me geen huis, geen straat bij haar voorstellen, geen kamer waar ze zich thuis voelt, met meubels en bloemen en schilderijen en muziek en kleuren die ze mooi vindt. 'Ik kon niet wachten,' zegt ze weer, terwijl ze haar hoofd schudt. Ze praat alsof ze deel uitmaakt van een herinnering waarmee niets meer kan gebeuren.

'Heb je Sander gezien?' vraag ik. Ik wil het niet vragen, maar ik vraag het.

'Sander? Welke... O, Sander. Nee. Hoezo? Ach, ook dat is zo lang geleden.'

'Zei Sonja niet dat hij daar werkt, op school?'

'Sander? Daar? Nee, heeft ze niets van gezegd.' Ze denkt even na. 'Ik vraag me nu even af of ik hem had willen tegenkomen. Nee, wil ik niet.'

Ik wil er verder niets over vragen. Sander mag hier niet zijn, nu we naar het station lopen.

We moeten ons door een opstootje wringen. Daarna is het station schuin aan de overkant. Ik wijs naar het Victoria Hotel. 'Daar moeten we oversteken. Daar.

Weet je, Martha. Ik heb die brief de avond voor mijn verjaardag bij jullie in de bus gedaan. Er was nog overal licht aan, ook op jouw kamer. Het was niet zo heel laat. En ik schreef dat ik je de volgende dag wilde zien. De volgende dag, Martha. Niet de dag ná mijn verjaardag.' Nu moet ik het zeggen: 'En jij stond er toen, de avond na mijn verjaardag. En ik stond er de avond ervoor, op mijn verjaardag. Ik wachtte en wachtte op je.'

'En ik wachtte en wachtte op jou.' Ze lijkt niet zo geschrokken als ik. Geen idee wat er in haar leven allemaal gebeurd is. Ja, iets ernstigs met haar dochter, dat is wel duidelijk. Misschien ook met haar man. Ik weet natuurlijk niet hoe het ging na New York. Misschien vergat ze snel dat ze daar voor niets stond. Nee, dat vergat ze niet, want ze bewaarde de brief. Maar de brief kan iets anders zijn dan dat vergeefse moment.

'Waarom liet je niets horen?'

‘Wanneer? Toen die avond? Toen ik dacht dat je me had laten staan? Ik was woedend. Teleurgesteld, dat ook. Ik had het niet van je gedacht. Ik dacht... Ik dacht altijd, ook in de jaren daarvoor, ik dacht altijd: die komt wel. En je kwam niet. Ik dacht: oké, zo is het dus, zo gaan die dingen dus. Dacht ik echt.’

We steken de straat over, ontwijken schreeuwende fietsers, we zeggen niets. Voor het station laat Martha mijn arm los, ze pakt mijn gezicht tussen haar handen. ‘Laten we hier afscheid nemen. Dat gezwaai op een perron vind ik altijd zo dramatisch.’ Ze ziet dat ik iets wil stamelen. ‘Het is zevenenveertig jaar geleden. Zevenenveertig jaar! Maar je hebt gelijk, je kunt ook zeggen dat het niets is, een knip met je vingers, een oogopslag, even een andere kant opkijken.’ Ze brengt haar gezicht naar het mijne. Ik voel haar lippen, we kussen elkaar, het is een zomeravond in een smalle straat, lang voor onze mislukte afspraak. Toen dacht ze misschien ook wel: die komt nog wel. En ik dacht het ook. Ze laat me los, loopt een paar meter achteruit, we kijken elkaar aan, ik moet een theatraal gebaar maken, maar dat doe ik niet, ik ben bijna verstijfd van angst, ze draait zich om, de deuren openen zich, ze verdwijnt in het gebouw.

Ik draai me om, loop weg van het gebouw waarin ze verdween, ik weet even niet waar ik heen moet.

Lijst van personages

Marleen belt een paar dagen later, misschien een week, misschien langer, ik heb voor het open raam gezeten, voor het uitzicht tussen het hoge groen, over het bijna onmerkbaar zuchtende water, in de verte een oever, nog verder wat huizen, een kerkje, de hele wereld. Marleen zegt dat Fernand en zij overmorgen naar Japan vertrekken en daar de rest van het jaar zullen blijven, ze noemt de naam van een stad die ik niet onthoud, in een park buiten die stad bouwen ze een paviljoen, zoiets, of een installatie, of een installatie én een paviljoen. ‘Maar,’ zegt ze, ‘ik moet je wat zeggen. Het kan ook later, maar liever nu. Kan dat? Is het goed als ik kom? Ik kan niet lang blijven, haal niets in huis, even, even maar, ik moet je wat zeggen.’

Ze heeft een grote bos blauwe bloemen bij zich, van die wilde zomerbloemen. Ze ziet er goed uit. Ze is ouder dan ik, maar lijkt wel tien jaar jonger, hoewel ik niet weet hoe oud ik eruitzie, daar heb ik het nog nooit met iemand over gehad. Ze heeft een strakke jurk aan in de kleur van die bloemen. Goudkleurige gymschoenen.

Ze is voor het eerst op mijn boot. Ik zie dat ze weinig klachten heeft over mijn interieur. Wel gebruikt ze het woord 'rommeltje'.

Weer zegt ze dat ze niet veel tijd heeft en op mijn begrip rekent, 'maar, ik moet je iets zeggen'.

Ik houd een fles wijn omhoog, ze schudt haar hoofd. 'Moet nog zo veel regelen.'

We zitten tegenover elkaar aan tafel, ze pakt mijn hand vast en pakt een koperkleurig papier uit haar tas. Ik herken het, het is het programma dat bij *India Song* werd uitgereikt, ik heb het in mijn uitgave van het stuk gevouwen.

'Heb je naar de lijst van personages gekeken?' vraagt ze.

Dat weet ik niet. Ja, ik heb Sonja Bloemen zien staan. Toen had Martha nog niet gezien dat ik er was. Ze zat schuin voor me, in haar bloedrode Japanse jurk. Ik had naar voren willen buigen en zeggen: 'We komen allebei voor Sonja Bloemen', maar ik voelde verlammende verlegenheid.

Ik schud mijn hoofd. Ze schuift het papier naar me toe.

'Ze kwam na afloop naar Fernand. Ze had jullie samen

gezien in de kantine, jou en Sander. Kan dat? Ze wilde binnenkomen, maar toen zag ze jullie zitten. Jou herkende ze niet meteen, maar ze wist dat ze je dadelijk ging herkennen. Kan dat? Zat je in de kantine? Met Alèx?'

'Ja,' zeg ik. Ik kijk naar de lijst van personages. Waarom zegt ze de ene keer Sander en dan weer Alèx? Omdat er niets voorbijgaat, uiteindelijk?

'De namen van de spelers, bedoel ik. Die staan eronder. De vinger van Marleen wijst naar de namen.'

'Wie kwam na afloop naar Fernand?'

Haar vinger blijft naar de namen wijzen. Sonja staat bovenaan. Ik wil zeggen dat me niets opvalt, maar dan zie ik het.

'Jezus, Marleen! Marleen!'

Ze knikt langzaam, bedroefd ook, bedroefd en langzaam.

'Dat kan toch niet!'

'Waarom zou dat niet kunnen?'

'Waarom zou dat niet kunnen?' herhaal ik.

Daar staat haar naam: Iris van Steen.

'Je hebt haar niet gezien?'

'Natuurlijk heb ik haar niet gezien, ik wist toch niet dat zij er was. Wie was ze?'

Alles wat in je leven van belang was kan zich ineens verzamelen op het plein van een dorp, platanen, een fontein, nogal wat stilte, zonlicht. Je leven voltrok zich op dat kleine plein, je had alleen niet in de gaten dat het daar gebeurde.

'Een van de stemmen in dat stuk,' zegt Marleen. 'Die heeft Duras er toch in geschreven, stemmen. Fernand zei dat er ook regisseurs waren die die stemmen alleen maar lieten horen, maar hier waren het personages, zichtbare personages. Nou ja, gebeurt blijkbaar vaker, maar dat hoef ik jou natuurlijk niet te vertellen. Is niet belangrijk nu, je hebt haar niet herkend, zij jou wel, in de kantine al, maar ze twijfelde. Maar toen je in de zaal zat wist ze het zeker. Het was net alsof alleen jij er zat. Dat zei ze. Alsof er maar één gezicht was, één paar ogen dat daar aan het kijken was. Ze heeft naar je gekeken. Dat zei ze tegen Fernand, dat ze vaak naar je heeft gekeken, dat het dus niet moeilijk was je te zien zitten. En, dat moest ik ook zeggen, dat ze blij was dat ze je zag.'

'Herinnerde ze zich mij dan?'

'Ik weet het niet. Ja, natuurlijk. Ja, want ze zag je. Of misschien had iemand gezegd dat je er was. Is het belangrijk? Papa zou zeggen dat we ons op de hoofdzaak moeten concentreren, niet hoe die hoofdzaak een hoofdzaak is geworden, dat is niet belangrijk, het gaat erom wat er is, dat het is wat er is. Hoor je het papa zeggen? Ze heeft je gezien. Dat zei ze tegen Fernand. Ik kwam erbij, ik wist niet wie ze was, ze vertelde een paar dingen over jullie, niet veel, ze wist ook niet veel, geloof ik. Of ze wilde er niet veel over kwijt. Dat hoeft ook niet. Soms is een leven vooral wat het is, niet hoe het zo is geworden. Jij denkt daar anders over, maar dat ben jij. En ik moest ook zeggen dat jullie elkaar ook niet zullen ontmoeten. Zij wil dat niet. Bovendien gaat ze morgen weer terug naar Canada, naar Toronto. Daar woont haar moeder. Dat moest ik ook nog zeggen: dat het goed ging met haar, hoe heet ze? Katja?'

'Kaia.' Ik spreek haar naam weer uit. Wie zei ook alweer dat het leven soms te groot is om ook het toeval nog wat ruimte te geven?

'Ja, Kaia. Ja, dat het weer goed met haar gaat. Toen ze wegging, toen, toen niet. Dat ze daarom misschien wegging. Allemaal narigheid in haar hoofd. Dat zei ze, maar ze zei zo veel tegelijkertijd, ik heb het niet allemaal onthouden, ook omdat ik zo naar haar moest kijken. Dat jij...'

'Waarom Toronto?'

'Ze heeft daar iets. Ja, en haar moeder woont er dus. Ik weet het niet. Wat maakt het uit, broertje? Ze wil hier weg. Dat ook. Het laatste jaar op school was moeilijk voor haar. Je hebt het gelezen. Je hebt de kranten toch gelezen? Ik hoorde die avond dat Alèx er ook iets mee te maken had. Fernand wist dat, maar wilde dat voor zich houden. Ik hoorde het toevallig. Maar Alèx zorgt er wel voor dat hij buiten schot blijft. Hij gaat deze week terug naar Frankrijk. Daar woont hij, in Parijs.'

Ik probeer hier niet aan te denken, weg die gedachten,

ver voor me uit, misschien haal ik ze wel niet meer in, misschien is dat het beste.

'Hoe wist ze trouwens dat ik je broer was?'

'Dat zal vast iemand... Is dat belangrijk?'

Ze heeft mijn hand niet losgelaten, nu wel. 'Schat, ik moet gaan. Zullen we elkaar na Japan weer zien, en dan wat langer? Ik wil zo veel weten, zo ontzettend veel.'

'Graag,' zeg ik, geloof ik.

Dan is ze weg.

Ik pak *India Song* uit mijn boekenkast. Het programma valt dwarrelend op de grond. Ik sla het boek open.

Zoekt hij iets dat van hem is, iets verloren?

(–)

Iets van hen samen dat hij had, hij ook, verloren.

Stem 2 zegt dat. Zij was het, Stem 2. Ik heb naar haar gekeken, zij naar mij.

Ik ga weer voor het uitzicht zitten en probeer me haar voor de geest te halen, het hele stuk, en haar, haar manier van bewegen, de koperkleurige warmte, hoe ze naar me keek, haar stem met al die tastende woorden.

Het is uren en uren later als ik aan Sander denk. Het is een schok, die gedachte.

In de deuropening

Een gedeelte van de stad waar ik nooit kom, ik heb begrepen dat de meeste mensen er tijdelijk wonen, in dat witte appartementengebouw, meestal vanwege hun werk, ook onderwereld, steeds meer, de bazen. Soms wordt er geschoten, 'een afrekening in het criminele milieu'. En vaak een uitgebrande auto, een eindje verderop. Sander kampeert hier, binnen.

Op het vrij nieuwe gebouw staat in slanke letters Zonnestaete, een tijdverschijnsel waarom ik soms moet lachen, cafetaria's die In Den Smulpaep heten of Den Nieuwen Heerlijckheid.

Nu lach ik niet. Het gebouw benauwt me, ah, die benauwenis, alsof het op me kan vallen, op mijn leven, op mijn tijd, hiervoor, hierna, verpletterend, de allercompleetste minachting. Dat ik niet eens in de gaten heb wat er gebeurt. 'Hij heeft er niets van gemerkt,' wordt er dan gezegd, terwijl dat best had gemogen, want het is niet zomaar iets.

Een brede marmeren trap, nogal bruinig, van zes treden leidt naar de dubbele voordeur, grachtengroen van kleur. Wat moet ik vragen? Heb ik iets te vragen? Toch niet: waarom? Die vraag is te stellen: waarom? De beste vraag.

Wat te zeggen? Dat het lang geleden is dat we elkaar nooit meer gingen zien? Zeiden we dat al niet? Zeiden we niet dat we dat niet moesten zeggen? Dat alles lang geleden is, alles. Dat het alleen maar woorden zijn, dat *lang geleden* onzin is. Dat we net zo goed weer in het huis van mijn ouders kunnen wonen, naast het huis waar hij met zijn ouders woonde, die andere tijd, toen we met alles moesten beginnen, alles. Waarmee beginnen we nu ik hier sta, veel van alles is op, het is een bittere namiddag, een hemel die ieder moment kan ontploffen, zo veel zwalkend, doelloos herfstlicht zit erin. Alles kan ontploffen.

Ik weet dat hij op de eerste verdieping woont. Achter een raam waarachter ik iets zie bewegen, iemand die ook *iets* is. Voor de meeste andere ramen zitten rolluiken, witte. Eén of twee appartementen zijn niet bewoond. Dat ze leeg zijn, is aan de ramen te zien. De leegte is een aanwezigheid die iets met de ramen doet.

Het maakt even niet uit wat voor een dag het is, welk seizoen, welk jaar, het is ergens in ons leven, Sander. Zojuist zag ik aan een gebaar achter dat raam, haast onmerkbaar, dat je weet dat ik er sta. Ik stuurde je een bericht dat ik dat van plan was. Niet wat dan. Ik weet ook niet wat dan. Je kon niet thuis zijn, dat was een mogelijkheid. Ik gaf je die gelegenheid, een gift. Net zoals ik toen voor de deur van je kamer hoestte: ik stond daar. Niets verbaast me. Maar je bent thuis, je hebt mijn bericht gelezen en je bent thuis. Misschien sta je bij de lift, misschien daal je de trap af, het is maar één verdieping.

De ochtend dat je naar Groningen vertrok was ik opgelucht. Ik zag je in dat donkergroene busje stappen, geen idee wie het was die er achter het stuur zat. Tennisclub, denk ik. Ik zag hoe je je spullen inlaadde, met die jongen, het waren er niet veel, niet eens de moeite er een busje voor te huren, maar misschien vond je wel dat een busje goed liet zien dat je echt wegging. Volgens mij deden jullie het zwijgend. En zo langzaam. Moeder kwam naar buiten met twee mokken koffie en een bord met ontbijtkoek of zoiets, op een mintgroen serveerblad. Ik weet dat omdat ik mezelf dwingend voorhield dat ik het moest onthouden, hoe je wegging, je manier van weggaan, het huis zonder jou, even later de straat zonder jou. We hebben niets tegen elkaar gezegd, ja, de avond ervoor: 'Ik zie je nog wel.' Jij zei het, ik zei het. Ik zie je nog wel. Van die vaag zwaaiende woorden. Altijd zeggen we *Ik zie je nog wel* wanneer je het niet erg vindt als het nooit meer gebeurt.

En nu zie ik je. Je bent nog niet buiten, je loopt de hal in, maar ik zie al hoe je naar buiten komt, mij ziet staan, mij niet groet, misschien omdat je denkt dat het *wel goed* is nu we elkaar op de toneelschool hebben gezien. Het is niet goed, jongen. Het is niet goed, Pleeg. Ergens door de kieren van mijn leven kwam je altijd bij me in de buurt, ik merkte het niet altijd, wel vaak. En als ik het merkte, was het vooral de gewaarwording: er gebeurt iets, ja, er gebeurt iets wat nog moet gebeuren, dát is de gebeurtenis, die aankondiging, iets waarvan ik niet weet hoe het begon. Die avond zat je aan tafel, ineens, je was zo welkom. Ja, nu denk ik aan mijn ouders, aan hun open armen. Wat zouden ze doen als ze ons hier zagen?

Jij opent de deur, je komt naar buiten, je blijft staan voor de deur die zich achter je sluit, uiterst traag alsof die je de gelegenheid wil geven terug te komen op je besluit naar buiten te gaan om oog in oog met mij te staan. Je kwam aan mijn leven. Ik wist niet wat ik met het jouwe moest.

Ik kan, geloof ik, alleen maar een idee krijgen van wie ik ben als er iemand is met wie ik me verbonden voel. Het kan alleen via die ander. Altijd komt er een moment dat ik het niet meer wil weten, omdat ik er niets mee kan. Natuurlijk dacht ik aan Kaia. Dat doe ik vaker, maar nu ik weet dat Iris in mijn buurt was, mij heeft gezien, denk ik aan de dag dat ze ging. Dat was erg, maar hoe erg vond ik het? Zij was weg, ik ook. Daar komt het op neer ongeveer, geloof ik, voor zover ik er iets over zeggen kan. Als er iemand is 'met wie ik ben', zoals dat heet, moet ik iets openen wat ik gesloten hield, omdat ik vond dat er niets naar buiten mocht. Ik weet het allemaal, Pleeg, maar wat kan ik met wat ik weet?

Was er iets tussen jou en Iris? Gaat ze daarom zo ver mogelijk weg?

Ik probeer er een verhaal van te maken. Laatst zag ik een film, het was geen nieuwe film, waarin iemand zei dat er ooit iemand begon met verhalen te vertellen om ervoor te zorgen dat we niet meer zo bang zijn in het donker. Ik knik. Zie je dat ik knik?

Hij staat nog steeds voor de deur. Hij buigt zich naar voren, zijn rechterhand achter zijn rechteroor, alsof hij zijn best moet doen me te verstaan of omdat hij vindt dat ik harder moet praten.

Ik haal mijn schouders op, het enige wat ik kan doen. Toen ik van huis wegging, vroeg ik me af of ik een honkbalknuppel mee moest nemen. Die staat binnen naast de deur. Ik durfde die niet eens aan te raken.

Hij wenkt me dichterbij te komen, zijn hand nog steeds achter zijn oor. Ik loop naar de brede marmeren trap. Hij haalt de hand achter zijn oor weg, hij lacht onhandig, spottend.

Dan zegt hij: 'Jij moet het zeggen!' Hij schreeuwt niet, het lijkt op schreeuwen.

'Wat, Alexander, wat?'

'Je weet niet wat?'

'Nee. Ja, ik kan heel veel zeggen, maar ik weet niet wat je bedoelt, nu.'

'Wat ik bedoel?'

'Ja. Nee, ik weet niet wat je bedoelt.'

Een vrouw passeert me, loopt de trap op. Ze is lang, elegant, ze omarmt een bos lelies, ze lijkt zo licht, ze doet net of ze ons niet ziet en even acht ik het niet onmogelijk dat wij hier niet staan, dat dit alleen maar bedacht is, dat we elkaar alleen maar hebben bedacht, een verhaal waardoor we niet meer bang zijn in het donker. Maar is het zo dat de vertellers van het verhaal ook niet bang zijn in het donker? Er zijn mensen die vertellen en mensen die luisteren, blij zijn dat ze alleen maar hoeven te luisteren.

Ik zeg: 'Als ik niet weet wat je bedoelt, hoe kan ik dan doen alsof?'

Hij zet een voet op de bovenste tree. 'Waarom doe je alsof het niet zo is?' zegt hij. 'Waarom deed je het? Waarom?'

'Doen alsof wat niet zo is?'

'Ik heb nooit geweten of je me zag.'

'Wanneer? Ik zag je al....'

'In de deuropening. Ja, natuurlijk zag je me. Natuurlijk zag je dat ik alleen maar wilde dat er niets gebeurd was, niets. Dat ik dat gruwelijk sterk wilde. Weet je dat ik eerst je vader zag? Hij lag op de grond. En even dacht ik dat hij was gevallen, dat hij naar onze deur was gelopen om wat af te geven of zoiets, een goedmoedige actie, en dat hij toen was gevallen, dat gebeurt soms, ik zag dat het ernstig was, maar ook dat gebeurt soms. Pas dan zie ik mijn vader en mijn moeder, ver weg, en andere mensen. En ik zie jou, hoe je omhoogspringt tegen mijn vader, die niet omvalt, maar verder niets doet, het is net of hij zijn best doet zich niet te bewegen, alsof je een groot, ontzettend groot, walgelijk insect bent dat kan steken als hij zich storend beweegt. En je valt opzij en trekt hem mee, misschien is het geen vallen, maar trek je hem in je sprong mee, wil je dat het zo gaat, heb je besloten dat je het zo wilt doen, je trekt hem in je sprong mee, naar het hek links van jullie, het hek met die punten, die koperkleurige punten. Je houdt niet op, je kunt ophouden, je kunt hem loslaten, maar dat doe je niet. Nee! Je ziet dat mijn vader ziek is, je wéét het, maar het kan je niets schelen. Niets! Niets!'

Hij buigt zich voorover en brengt zijn vuisten naar zijn ogen. Zo blijft hij staan, ik weet niet hoelang, verstild in een herinnering die ik niet ken, die hij verzonnen moet hebben, die hem misschien is verteld door, ik weet niet door wie, ik kan niemand bedenken die zoiets zou doen, die zoiets in zijn hoofd zou halen.

'Sander, het is niet...'

Zonder zich te bewegen zegt hij: 'En het is net of het om

jou gaat. Mijn vader staat daar, met dat bloed, al dat bloed, en iedereen loopt naar jou, mijn vader valt op zijn knieën, zijn ogen, o god, zijn ogen, en ze leggen hun armen allemaal om je heen, om jou. En ik loop naar papa toe en ze duwen me terug, het huis in, mij duwen ze terug, het huis in, en ik roep dat ze papa moeten helpen, maar ze duwen me het huis in, de donkerte van het huis in, steeds verder. En weet je, mijn moeder heeft appeltaart gebakken die middag. Alles ruikt naar appeltaart. Moet je je indenken, appeltaart. Mijn vader is gek op appeltaart! Ze duwen me de geur van appeltaart in!'

Zonder zijn vuisten van zijn ogen te halen, laat hij zich zakken, hij gaat zitten, zijn rug niet gebogen, rechtop.

Ik wil naar hem toe, ik zie wat hij heeft verteld, ik zie het, maar er hangt iets omheen, of nee, misschien is dat het niet, het is iets waarover ik vaak droom, dat ik ergens heen moet maar geen idee heb hoe ik mijn voeten moet neerzetten, ook weet ik dat mijn benen niet met me mee willen doen. Er hangt iets omheen, iets wat hem onbereikbaar maakt, misschien zelfs machtig in die onbereikbaarheid, ik kan er niet naartoe, weet echt niet hoe dat moet.

Hij haalt zijn vuisten van zijn ogen en schudt zijn hoofd.

'Weg?' vraag ik. 'Wil je dat ik wegga? Wil je dat?'

Hij knikt. 'Ik heb dat al die tijd gewild. Ik wist niet hoe ik het moest zeggen, maar het is niet moeilijk, dát is niet moeilijk. Ik wil het, ik zeg dat ik het wil. Hóór je dat ik het zeg? Hóór je het? Ik wil het!'

Ik loop achteruit de trap af, ik kijk naar hem, hij kijkt naar mij, zijn vuisten nog steeds gebald. 'Dat je ooit alleen nog maar een gedachte bent. Niet eens. Een spatje van vroeger! Iets wat je met je duim wegveegt! Spuug, meer niet, spuug!' Hij schreeuwt met hoge stem, het is bijna geen schreeuwen meer, als ik niet beter wist zou ik best kunnen denken dat hij dadelijk gaat zingen, een vreemd, idioot lied.

Dan draai ik me om.

Mijn auto heb ik aan de overkant van de straat geparkeerd. Ik leun op het dak, ik moet mijn adem beheersen en dan voel ik een hand op mijn schouder. Die is van de vrouw die ons zojuist passeerde met de bloemen. Ze heeft nu geen bloemen bij zich. Haar gezicht is vriendelijk, terwijl ze ernstig kijkt.

'Gaat het met u?' vraagt ze. 'Hebt u hulp nodig?'

Ik schud mijn hoofd.

Het is niet waar, denk ik, hij dénkt het maar, hij dénkt dat het waar is, zijn waarheid. Die waarheid denkt in hem. Zo moet ik het zeggen als ik het zou kunnen zeggen. Zo'n waarheid kun je nodig hebben.

'Het gaat,' zeg ik tegen de vrouw. Ze houdt haar hoofd een beetje schuin, alsof ik een kind ben dat iets moet begrijpen.

‘Gelukkig,’ zegt ze.

‘Het zal wel moeten,’ zeg ik.

‘Nou, dat weet ik niet,’ zegt ze.

‘Nee, ik ook niet,’ zeg ik. Zeg ik ook: ‘Het was mijn vader. Daarom. De edelmoedige. Mijn vader’? Ik geloof het niet. Alleen, weten doe ik het niet. Dat.

IK VERZIN HET NIET

Kladjes

Later, later, de zomer is versleten alsof er genoeg in is geleefd, bijna voorbij, nog meer dan alle zomers daarvoor, zo lijkt het, het laat zich verder niet verklaren, ook niet nodig, het is namiddag, ik kijk naar de woorden die ik zojuist geschreven heb. Dat is het, kijken, ik hoor hoe ze klinken, ik hoor dat ze met elkaar te maken hebben, ik kan horen of ze klinken naar het lied dat ik in mijn hoofd had toen ik eraan begon, een lied dat ik lang geleden hoorde, een lied in de straat van mijn jeugd, de straat die ik telkens opnieuw uit loop.

Dan is er iets aan de hand. De wereld hier is niet groot, dit huis dat een boot is, een omgeving vooral vol stilte, meestal, water, uitzicht over het water, een verte die niet ver is. Dan merk je meteen dat er iets in die kleine wereld verandert.

Aan de voorkant is een klein raam naast de voordeur, de grote ramen zijn aan de achterkant, ik zie haar de smalle trap af dalen, ik ken haar niet, of toch, ja, ik heb haar weleens gezien. Als je naar haar smalle gezicht kijkt, kun je denken dat het buiten kil is, maar dat is nog niet zo. Haar gezicht ziet er zo uit dat je hoopt dat ze zo vlug mogelijk iets tegen je zegt. Je wilt haar stem horen. Ze loopt iets te snel de trap af, met haar armen moet ze haar evenwicht bewaren. Ze ziet mij door het raam kijken, lacht, besmuikt, zwaait, alsof ik haar niet alleen weleens gezien heb, maar heb onthouden wie ze is. Naarmate ze dichter bij de deur komt, komt ze ook scherper mijn geheugen in. En als ik de deur opendoe, zeg ik: 'Sonja. Sonja Bloemen.'

'Goed onthouden,' zegt ze lachend en ze geeft me een hand terwijl ze ook haar bovenarm een beetje omhooghoudt, zo'n aandachtige, sympathieke handdruk met ook iets onhandigs erin. Veel onhandigheid vind ik geruststellend. Sonja Bloemen vind ik ook geruststellend.

'Oma zei,' zegt ze. 'Ik mag niet oma tegen haar zeggen, maar Martha.'

'Ik ook,' zeg ik.

Ze lacht. Haar lach is vol plezier. Ze vindt het belangrijk vaak te lachen, dat zie ik meteen.

'Martha zei dat ik eens bij u langs moest gaan.'

'Dan zou ik geen u zeggen. Zei ik dat niet al?'

'Bij jé langs moest gaan.'

'Wat aardig van haar,' zeg ik.

'Ik moest zeggen dat zij ook wil langskomen, maar het komt er voorlopig niet van.'

'Het komt er voorlopig niet van?'

'Ze is met een vriendin van haar een reis om de wereld aan het maken. Dat wilde ze al heel lang. Ze hebben geen plan. Eerst reizen ze door Afrika. Ze komen tussendoor niet terug in Nederland. Dat vinden ze steggelen. Over twee jaar verwachten ze weer thuis te zijn.'

Ik weet niet of dat me teleurstelt of juist helemaal niet omdat ik dus trots iemand ken die zich in zo'n avontuurlijke onderneming stort.

'Best lang, twee jaar,' zeg ik.

'Vind je?'

'Nou, als je zo oud bent als wij.'

'Volgens mij ben jij niet iemand die zoiets zegt.' Weer lacht ze haar lach vol gul plezier.

Ik vind dat ze gelijk heeft.

'Martha zei dat je haar ooit een brief schreef, die ze kwijt is, maar dat jij nog kladjes ervan hebt of zoiets.'

'Ja, die heb ik. Al die tijd bewaard,' zeg ik.

'Ze vroeg of ze een van die kladjes mocht hebben. Ze zou het zo leuk vinden te lezen wat je schreef.'

'Over twee jaar.'

'Als ze weer thuis is.'

'Ja,' zeg ik. 'Ik zal ze zoeken. Heb je haast?'

'Helemaal niet,' zegt ze. 'Alle tijd. Je woont goed hier, lekker achteraf. Ik voel me meteen op m'n gemak. Martha zei dat ik af en toe naar je om moest kijken.'

'Zei ze dat?'

'Ik verzin het niet, hoor.'

Terwijl ik in een doos rommel die ik onder mijn bureau vandaan heb getrokken, zeg ik dat ze altijd welkom is.

'Fijn. Martha zou zeggen: een troostrijke gedachte.'

'Troostrijk.'

'Zegt ze vaak: troostrijk. Wat ben je jong hier.' Uit een stapel boeken stak het programmaboekje van een toneelstuk dat ergens in het begin van de nieuwe eeuw gespeeld werd. Dat heeft ze eruit getrokken, ze bladert er geamuseerd doorheen.

Ik herinner me de ochtend dat die foto gemaakt werd, door een fotografe met een nerveus hondje. Daarover had ze gebeld: 'Is het erg als ik een hondje meeneem? Maar het is wel een nerveus hondje. Heb je dieren in huis?' Toen ik had opengedaan, het hondje blafte vijandig, was ik meteen een beetje verliefd op haar, misschien vooral omdat ik dacht dat ze dat ook op mij was, ook meteen. Dat maakte ik niet vaak mee en als het dan gebeurt, is het bijzonder. En wat bijzonder is, maakt gelijk andere mensen van ons. Is het iets om dadelijk tegen Sonja te zeggen?

Ze loopt naar het raam, kijkt naar het uitzicht, staat daar een tijdje en zegt: 'Mooi.'

Ik heb de kladjes van de brieven gevonden. Het maakt niet uit welk ik aan Sonja geef.

Ze draait zich om, ze heeft haar handen in de zakken van haar blauwe broek gestoken, ze ziet er kordaat uit en edelmoedig, dat ook. Van hoe ze naar me kijkt, word ik verlegen, en weer zegt ze het: 'Mooi.'